神様の子守はじめました。
スピンオフ
神子のいただきます！

霜月りつ

この作品はフィクションです。
実在の人物・団体・事件などに
一切関係ありません。

神子のいただきます！

目次

第一話

梓のごはん日記

「いっただっきまーす!」

丸いちゃぶ台を囲んで子供たちが手を合わせる。

朝に昼に夕に。家でも外でもご飯のたびにこうやって大きな声で挨拶する。

誰に?

タカマガハラで見守ってくれているカミサマたちに?

お米を作ってくれた人たちに?

ご飯を用意してくれる人に?

もちろん、それもそうだけど、一番は自分たちに。

これからおいしいご飯を食べますよ、と。おいしいご飯が食べられる喜びを、幸せを、感謝を、自分たちに伝えるのだ。

何度も子供たちと一緒に「いただきます」を言ってきて、そんなことかなと梓《あずさ》は思う。

「いただきます」って楽しいよね。

ずっと一緒に言えるといいね。

あれは二月の寒い日だった。大学四年生の羽鳥《はのとり》梓は、何社も面接を落ち、このまま就職浪人《ろうにん》になるのかと落ち込んでいた。

そんなとき、ふと目についた神社で神頼みをしたら、なんとタカマガハラに召喚《しょうかん》されて職がもらえた。

それが子育て。しかも、日本という国を護《まも》る、四獣《しじゅう》の子供。

授かったのは四つのたまごだった。

そこから孵った四人の個性あふれる子供たち。

南を護る火の鳥の朱雀《すざく》は赤っ毛の元気な女の子、朱陽《あけび》。

北を護る水の気の玄武《げんぶ》はおっとりした男の子、玄輝《げんき》。

東を護る木と風の力を持つ青龍《せいりゅう》は意地っ張りな男の子、蒼矢《そうや》。

西を護る金属と雷を操る白虎《びゃっこ》は内気な女の子、白花《しらはな》。

初めての子育ては不思議で楽しく大変だ。

奇妙なお客様がやってきたり、いきなり海や山に飛ばされたり、穴に落ちて大蛇に会ったり、鬼に追いかけられたりする。

それでも梓は自分を慕う子供たちと、火と水の精霊紅玉《こうぎょく》と翡翠《ひすい》、それに関東一円を守護する高尾山《たかおさん》の天狗《てんぐ》たち、そして時々タカマガハラの神々や近所の人たちを巻き込んで、毎日を過ごしている。いつか子供たちが大きくなって自分のもとを巣立つ日まで……。

一二月。もうじき一年が終わり、新しい年が始まる、一年で一番忙しいこの月。いろいろあったこの年を、ご飯と一緒に噛みしめる。

もりもりと白米とおかずを食べている子供たちを見ながら梓は「あれ？」と思った。

そういえば子供たちが最初におかずを食べたのっていつだったろう。

「あじゅさ、どーしたの？」

朱陽が手を止めて梓を見上げている。口の周りがおかずの麻婆豆腐《まーぼーどうふ》でベタベタだ。

「んーん、なんでもない。朱陽、まーぼ、おいしい？」

朱陽はごくんと口の中のものを飲み込むと、手にした皿を梓に向けた。

「おいしーよ！　あーちゃん、おとーふすき！」

「そっか。辛《から》くない？」

「ないー！」

朱陽はそう言うとスプーンで麻婆豆腐を山盛りすくって口に入れた。もちろん子供たち用に辛さは抑えてある。

「おれ、もっとからくてもいーよ！」

蒼矢も麻婆豆腐をせっせとすくいながら言った。

「蒼矢はこないだ紅玉さんの大人のカレー食べて泣いてたじゃない」

「ないてないしー」

「辛いのがいいなら梓が魔法で辛くできるよ？」

梓は手にラー油を持って言った。

「まほーじゃないしー！　このままでいいしー！」

最近の蒼矢の口癖はちょっといらっとするかな、と思いつつ、梓は白花に目を向けた。

白花は無言で食べ進んでいるが、実は麻婆豆腐は二杯目のはずだ。ご飯は何杯目だろうか？　白花が黙っているときは注意したほうがいい。簡単に炊飯器が空《から》になる。

「玄輝もおいしい？　まだ食べられる？」

聞くと玄輝は無言で親指を立てた。実は四人の中では玄輝が一番偏食《へんしょく》だった。確かおかずも子供たちの中では最後まで食べなかったし、肉よりも魚、柔らかいものよりは固いものが好きで、野菜も葉ものは勧めるまで食べない。そのため家で作る麻婆豆腐の豆腐は木綿《もめん》を使っている。

（お米ばかり食べていた子供たちが最初におかずを食べたの……なんだっけ？）

梓はスプーンの中で豆腐を揺らしながら考えていた。

子供たちが眠った後、梓は本棚からノートを取りだした。百均で買う二冊百円のノート。これに毎日短い日記をつけている。

日記というよりはメモ。その日なにがあったかを書いているが、大きな出来事以外はほとんど食事のメモだ。

誰がなにを食べた、食べなかった、これが好きだ嫌いだというようなこと。

最初のノートには「1」と書かれている。たまごの状態だった子供たちを預かり、それが割れて赤ちゃんが誕生した。

そして……。

「ああ、そうそう。ミルクを飲まなくて大変だったんだ」

その項目には『ミルクを飲まない。魔縁が子供たちをさらう。急に大きくなった。名前をつけたらまた大きくなった。びっくりした』と、翡翠が見たらあまりのそっけなさに怒り狂いそうな記載があった。

そして下には大きく『朱陽　蒼矢　白花　玄輝』と書いてある。

梓が名付け、子供たちが成長した記念すべき日。

「それで子供たちが浄化した水しか飲まないってわかって……でも大きくなったからなにか食べさせなきゃって思ったら」

子供たちは白米を食べる。白米だけを――。

そう翡翠さんと紅玉さんに言われたんだった。

ぺらりとノートをめくるとそのときのことが書いてある。

『子供たちはお米を食べる。すごく食べる。炊飯器が必要』

このころ、家には古い三合炊きの炊飯器があった。でも子供たちは一度に五合は食べる。なので家電に詳しい紅玉さんに五合炊きの炊飯器を買ってきてもらった。

今も毎食炊き上げてくれる炊飯器はむちゃくちゃお高い高性能な炊飯器で、紅玉さんに渡したお金じゃ足りなくて、結局半分以上出してもらったんだ。

『ご飯、掃除、ご飯、掃除、ご飯、洗濯』

そう書いてあるページがある。

子育てを始めたばかりの頃は、いろいろ慣れてなくて手際《てぎわ》が悪くて、一日中子供たちのことしかできなかった。

子供たちにご飯を食べさせた後、洗い物をしながら台所で立ったまま残ったご飯を食べることもしょっちゅうだった。朝と昼はご飯とつけもの、もしくはふりかけ、夜は買っておいたカップ麺をおかずにした。

とにかく食べさせるだけで毎日大変だった。

目を離すとおひつに手をつっこむ朱陽、立ち上がって玄関に出ようとする蒼矢、玄輝はなぜか茶碗からちゃぶ台にご飯をこぼして食べようとする。

おとなしかったのは白花だけだったが、彼女も梓が「あーん」と言わないと口を開けなかった。

そんな生活を見かねて紅玉と翡翠が食事の時は手伝ってくれるようになって、ようやく座って食べられるようになったのだ。

「あ、これだ」

何ページかめくって発見した。初めて子供たちが白米以外を食べた日の記録。

『子供たち、煮魚食べる』

そのとたん、あの日のことがありありと思い出された。

二月　煮魚記念日

その日、梓はちゃぶ台に自分のご飯茶碗とインスタントの味噌汁と、スーパーで買った煮魚を乗せた。子供たちの前にはいつものように大盛りのご飯。まだ箸がうまくつかえないのでみんなスプーンを持っている。

朱陽と蒼矢の間に翡翠が、白花と玄輝の間に紅玉が座っていた。

このころはまだ狭い2K《ケー》のアパート暮らしだったので、六畳間にこれだけの人数が座るとぎゅうぎゅう詰めだ。

「いただきます！」

みんなで手をぱんと合せ、声を揃える。子供たちは茶碗を抱え込み、口元に近づけて懸命に食べ始めた。

「あーちゃん、ご飯が落ちてるで。お米にはカミサマがおるんやから大事にせんと」

紅玉がご飯をぽろぽろこぼす朱陽に言った。

「かーたーまー？」

朱陽はスプーンをくわえたまま首をかしげる。この頃の子供たちは卵から孵り、名をもらって成長したばかりで言葉はまだ話せなかった。

「そう。あーちゃんのお口からおなかの中はいってな、手ぇ動かしたり、足動かしたり、笑ったり歌ったりするのを手伝ってくれるんや。大事にしような？」

「あーちゃ、たじー！」

朱陽は甲高く叫ぶと胸に落ちたご飯粒を指で拾って口にいれた。

「たたー、あーう」

梓の方を見て満面の笑顔になる。言葉の意味はわからないが、念話で嬉しい気持ちが伝わってきた。梓も微笑んでうなずいてみる。

「あじゅー、ごあーん」

蒼矢が身を乗り出して梓の手元の味噌汁を覗き込む。遠慮なく振り下ろされる手に、あわててお椀を持ち上げた。

「だめだめ。これは蒼矢にはからいよ」

「かいー?」

「そう、か、ら、い、の」

「辛い、辛くない以前にそんなインスタントものを神の子供たちに飲ませるな」

翡翠が厳しい顔をする。

「ちゃんと出汁《だし》をとって、いい味噌を使って」

口うるさい姑のように、翡翠は箸で梓を指した。

「翡翠、最近のインスタントもけっこうやるもんやで?」

「私は愛情のことを言っているのだ」

「出汁をとらないからって愛情がないことにはならんやろ。子育ては大変なんや。楽できるところは楽せんともたんわ」

紅玉がフォローしてくれるが翡翠の言葉は氷の粒のように梓の心に刺さる。

「私なら鰹節《かつおぶし》から手作りする」

当時、まだ翡翠は人の子である梓を信頼していなかった。できるなら自分で子供たちを育てたかった翡翠にとって、梓は横からたまごをさらっていったようなものだ。なので言い方もとげとげしくなる。

「子供たちがお味噌汁を飲めるようになったら、出汁から作ります」

「だから！　子供たちは米だけでいいと言っているのだ」

　頭ごなしの翡翠の態度に梓もむっとした。

「子供たちは人の世界で暮らすんです。このままどんどん大きくなって、ご飯しか食べないってことになったら周りの人だっておかしく思いますよ」

「周りの人だと？　子供たちのそばには我らがいる。それで十分だ」

「そんなわけにいかないでしょう。子供たちはここで生まれたんです、人と関わらなければ人が育てる意味がない」

　翡翠の決めつけるような言い方に梓の声も大きくなっていく。

「貴様、私に口ごたえする気か！」

　翡翠はパシンと箸をちゃぶ台に叩きつけた。

「しますよ！　俺はアマテラスさまから子供たちを預かったんですから！」

　梓も身を乗り出して怒鳴り返した。

「……子供たちが怯《おび》えとるで」

　紅玉がお茶碗を持ったまま、静かに言った。梓と翡翠ははっとして子供たちの顔を見た。

朱陽はご飯をつめこんだ口をぽかんと開け、蒼矢は顔をくしゃくしゃにし、白花はうつむき、玄輝は畳の上にひっくり返っている。

「あ、ご、ごめん！　みんな！」

「すまぬ、子供たち！」

梓と翡翠は大慌てで子供たちの頭を撫でたりからだを抱き寄せたりした。

「ご飯は楽しく食べるもんや。これから先ちゃぶ台の周りで喧嘩なんぞしたら……僕が許さんからな」

紅玉の口調はあくまでも穏やかだったが、梓は目の前に包丁を突きつけられたような気分になった。翡翠の方も、体が一回り縮んだように見える。

このころは梓も翡翠と紅玉の関係についてよく知らなかったのだが、この件で紅玉の方が翡翠より強いらしいとわかった。女の子のようにかわいらしい顔でいつもにこにこしているが、人は見かけによらぬものだ（精霊だけど）。

「白花」

梓はうつむいてしまっている白花に声をかけた。

「ごめんね、大きな声をだして。びっくりしたよね」

白花はようやく顔をあげる。大きな目に涙がたまっていた。

「喧嘩したわけじゃないんだよ。その、意見のぶつかりあいってやつで」

「そうだぞ、白花。ちょっと議論しただけだ」

翡翠も作り笑顔で言った。白花は梓と翡翠を見て小さく洟《はな》をすする。

（ナカヨシ？）

白花はまだ言葉を発したことがない。そのかわり、念話は誰よりも上手だったし、語彙《ごい》も豊富だった。

「そうそう、ナカヨシ！」

「ナカヨシナカヨシ」

カタコトで言って笑顔を向けあう。梓は相手の目が決して笑ってはいないことを見てとったが、たぶん自分もそうだろう。

「げんちゃん、起きて。びっくりしたついでに寝ようなんて考えんといて」

紅玉が玄輝の背中に手を当てて起こす。玄輝は不満そうな顔をしたが、ちゃぶ台に目を向けると茶碗の中に顔をつっこんだ。

「あじゅ、なーな」

朱陽が立ち上がり、梓のそばに寄る。膝の上に手をつき、頭を梓の腕の下から出した。

「どうしたの、朱陽。ちゃんとお席につかなきゃだめだよ」

「なーな、ちゃーちょ」

そう言いながら梓の煮魚が載った皿に手を出す。

「朱陽、これはまだ……」

梓は紅玉を見た。紅玉はちょっと首をかしげて考える素振りを見せたが、

「ええんやない？　自分から欲しいって言ってきたんや。梓ちゃんの言うように、人間の世界で暮らしていくなら、人の食べるものや使うものに慣れていかんと」

「紅玉……」

翡翠が非難めいた視線を向けるが、紅玉はそれを無視して梓に笑顔を見せた。

「ちょっとだけ食べさせてやって」

「はい」

梓は小さく息をつくと、箸で煮魚の背中を小さく摘まんだ。

「朱陽、これは魚だよ。煮て甘くした魚。食べられなかったらすぐにぺってしてね」

梓はおそるおそる朱陽の口の近くに箸を持って行った。朱陽は箸の先の魚の身をじっと見ている。

「あーん……」

梓が言うと口が丸く開いた。その中に箸の先を少しだけ入れる。ぱくんと朱陽の口が閉じられた。むぐむぐと唇が動いている。

「どうかな……？」

梓は朱陽の顔を見守った。ごくんと朱陽ののどが動く。

「あー、ちー！」

朱陽は叫んだ。

「あちー、おー、たいー」

パタパタと足を動かし、梓に飛びつく。その笑顔を見れば、言葉がわからなくても喜んでいるとわかる。

「おー、おー」

　蒼矢もちゃぶ台に手を突いて、おしりをぴょこぴょこ上下させる。自分も食べたいと言うのだろう。梓は蒼矢の口にも魚の身を持っていった。

「あーい！」

　朱陽と蒼矢はきゃっきゃと笑ってちゃぶ台の周りを走り回る。

「だめだよ、二人とも。食事の間はちゃんと座ってないと……」

　止めようとした梓の手を、白花がひっぱった。梓は白花にも魚を食べさせる。白花は先の二人のようにはしゃぎはしなかったが、嬉しそうに笑った。

「おいしいんか、よかったな、しーちゃん」

　紅玉が言うと（オイシイ……）と念話が全員に伝わる。

「そんな……うそだ。スーパーのできあいの総菜《そうざい》がうまいなどと……」

　翡翠が呆然とした様子で呟く。

「このあたりのスーパー言うたらマミーストアか？」

紅玉が聞いたので梓は首を縦に振った。

「はい。近くて安いんで。大きなスーパーほどものはないんですけど」

「あそこは昔魚屋だったんや。だから魚はいいもんがはいっとる。総菜も力いれとるみたいやから、下手な家庭料理よりうまいかもな」

「そうだったんですね。俺も大学に入ってからあそこでよく弁当買ってて、いつもうまいから」

梓は玄輝にも魚を食べさせた。玄輝は重々しくうなずくと、ちゃぶ台に顎を乗せて居眠りをはじめた。

「みんなうまかったんやな。みんながうまいと言ってくれたから今日は煮魚記念日やな」

紅玉は笑ったが、梓の皿を見て「あちゃー」と眉を寄せた。

「梓ちゃんのおかずがなくなってしもうたな」

見ると確かに魚の身がほとんどついばまれてしまっている。

「でも……」

梓は魚をひっくり返し、また身をほぐすと待ちかまえていた朱陽の口に入れた。

「なんか、自分で食べるより、子供たちが喜んでくれるほうが嬉しいですね」

「梓ちゃんけなげやな！　それでこそ四《し》神子《しんし》の仮親《かりおや》やで！　な、翡翠」

だが翡翠は苦《にが》い水でも飲んだ顔でそっぽを向いている。

今は翡翠の態度も気にならなかった。魚を食べて喜んでいる子供たちを見ていると気持ちが穏やかになってくる。

そういえば、実家でも自分がご飯を食べている姿を、母親が微笑んで見ていた。

誰かがおいしいと言ってくれるだけで嬉しいなんて。

こんなこと、子供たちがいなければずっとわからなかった気持ちだ。

「蒼矢、葉っぱも食べてみようか」

梓はレタスを箸で摘まんだ。そうだ、マヨネーズもかけてあげよう。

梓は食器を乗せてきたお盆の上を見た。マヨネーズもここにおいていたはずだ。だが、それが見あたらない。

「あれ？　持ってきたはずだったのに……」

「うわああっ！」

いきなり翡翠が大声をあげた。

「こら、翡翠。食事の席では大声は……」

紅玉が叱ったが翡翠は指を突きだして一点を指している。

「止めろっ！　羽鳥梓！」

「えっ!?」

翡翠の指先を目で追うとそこには朱陽が立っていた。

朱陽は両手でマヨネーズのボトルを持っている。どうやって開けたのかふたが開いており、それをまるでジュースのように口をつけて――。

「わああっ！　朱陽だめ――！」

「じゃうー？」

梓の勢いにびっくりした朱陽はマヨネーズのボトルを口から離した。

しかし、両手でぎゅっと握ってしまったためボトルから噴水のようにマヨネーズが飛び出した。

「あ――――っ！」

「そうだった、そうだった……」

梓は苦笑してノートから目を上げる。

「あのときは片づけるのが大変だった」

なにせちゃぶ台から畳から、マヨネーズが飛び散ってしまったんだから。びっくりした朱陽はマヨネーズを持ったまま走り出すし。

あれ以来、マヨネーズやケチャップ、醤油などの調味料は、台所で皿にとるか直接かけるようにして、居間には持ち込まなくなった。足りなくなったらいちいち台所に取りに行く。面倒だが安全だ。

そう、この日から少しずつおかずを増やして、もちろん最初はできあいのお総菜中心だったけど、自分でもネットや本を片手に作り始めた。

紅玉さんや翡翠さんの助けを借りて……いや、翡翠さんはなんのかんの文句ばかりつけるから台所から締め出したんだっけ。

あの頃はしょっちゅう、翡翠さんとぶつかっていたな。

でもそれも互いに子供たちのことを思っていたからだ。今はわかりあってうまく……いってないときもあるけど、前よりは翡翠さんの扱いがわかってきたのでなんとかなってるかな。

「あ、そうだ。あれはいつだっけな」

梓は「1」のノートを戻し、「2」のノートを取り出した。確かこのあたりに大変な出来事が……。

「あ、これこれ」

書いてあったのは『朱陽がおなかをこわした』。

「このときは……驚いたな」

二月　朱陽、おなかをこわす

これも引っ越し前のアパートに住んでいたときだ。子供たちを寝かしつけてほっと一息ついたとき、腹の虫がぐうと音を立てた。ちゃんと夕食は食べたはずなのだが、少し物足りなかったようだ。

どうしよう、ご飯の残りを食べようか。おかずはまだ少し鍋に残っていたけど……。

そう思いながらも頭の片隅に思い浮かんだものがある。

カップ麺だ。

インスタントラーメンやカップ麺を食べていると翡翠に激しく怒られる。こんな油と添加物だらけの味の濃いものを子供たちに食べさせるな、興味を持たせるな、と。

それでしばらくカップ麺は買っていなかったのだが、先日スーパーで特売だった。それで二個だけ、買ってしまった。日清《にっしん》のカップヌードルを。

久しぶりにカップ麺を食べてもいいかな。みんな寝てるし大丈夫だよね？　翡翠さんももう今日はこないよね……。

当時のアパートは古い2Kで、四畳半と六畳、それに小さな台所がついていた。

台所と畳の部屋はすりガラスの戸でしきられている。子供たちは奥の四畳半に敷いた大人用の布団で四人仲良く眠っていた。

梓はコンロにやかんを置いた。お湯を沸かす間にビニールをはがし、ふたの三分の一を開けると麺の上にエビとたまごと謎の肉。沸騰するまで腕を組んでじっとやかんを見つめる。見つめていたって時間は短くならないが。

そもそも梓はラーメンが好きだ。専門店のラーメンも袋に入ったインスタントラーメンもカップ麺も。子供の頃も学生時代もこれで生き抜いてきた……。

カップの中にお湯を注ぐと、ぷこここことという音とともに懐かしい匂いがふんわり漂う。

そうだ、ご飯と一緒にラーメンライスにしちゃおう！　なんというゼイタク！

思えば俺が最初に食べたインスタントってこれだったよなあ。

学校から帰ってくると母親は仕事でまだ帰っていない。晩御飯まで待てなくて一人でカップ麺を作ってテレビを見ながら食べていた。寂しくはなかった。そんなものだと思っていたから……。

がくんと頭《こうべ》が垂れて目を覚ます。しまった、立ったまま寝ていた！

時計を見るとまだ一〇分程度。よかった。カップ麺は温かさを帯びている……とはいえ、のびている。汁もない。

あ、ごはんと一緒に煮込んでおじやにしよう、胃にも優しいよね、と自分に言い訳しながら麺を鍋に入れ、水とごはんを追加。水がなくなるまで煮込む。

……インスタントラーメンがからだに悪いって、翡翠さんの言い分もわかるけど、そもそも日清には美しく健康な体は賢い食生活からという理念があるし、創始者は毎日インスタントラーメンを食べてて九〇歳以上まで生きたし、つまりなにごとも偏《かたよ》っちゃいけない、やりすぎちゃいけないってことで節度を守って規則正しい食生活を送ってそりゃあ確かにインスタント麺は塩分が多いとは思うけどそこは汁を飲み干さないとかまいにちさんしょくカップメンニシナイトカ――ぐう……。

「うわ」

また寝ていた。

はっと起きると五分程度。火にかけていたのに危ない。焦《こ》げ付かないほどのぎりぎりで目覚めてよかった。

表面に油の膜が張っている。梓はしゃもじを使って鍋の中をかきまぜた。

ここにガリガリと黒胡椒《くろこしょう》をひいて――。

うん、たまらない背徳感。こんな夜中にのびのびに伸びたカップ麺おじやなんて。食欲が眠気に勝った。

「いただきます……」

勝利を味わおうとしたそのとき。

カタンと背後で小さな音がした、はっとして振り向くと、台所のすりガラスの戸が開いて、二つの目がじいっと見つめている。

「玄輝。起きちゃったの？」

珍しいなと思いながら寄ってくる玄輝を抱きとめる。玄輝はぎゅうっと梓の衣服をつかみ、そのままぐりぐりと胸に顔を寄せた。

「どうしたの？　怖い夢でも見たのかな？」

しかたがない、食べるのはあと回し、と、ねんねんと揺らす。狭い台所をいったりきたりしてあやしているとすうすうと寝息が聞こえてきた。

「ん、ねんねしたね……」

さあ布団に寝かせようと玄輝を四畳半に連れて行く。子供たちが思い思いの格好で布団の中にはいっている。

玄輝をおろして布団をかけようとしたとき、ようやく気付いた。端に寝ていたはずの朱陽がいないではないか。

「えっ、どこに……」

梓はあわてて四畳半を出て六畳を覗いた。

「いない」

まさか、と思い台所に行くと――。

「あっ、朱陽！」

朱陽が流し台に乗ってコンロのそばに置いてあった鍋に手をつっこんでいる。

「わあ！　だめだよ！」

「あーじゅ、まんま」

朱陽の口の周りにご飯粒《はんつぶ》と麺の切れ端がついている。ラーメンおじやをたべちゃった!?

「あ、朱陽、大丈夫なの？」

子供たちにはまだラーメンを食べさせたことがない。しかもカップ麺なんて、翡翠さんにばれたらどんな雷《かみなり》が落ちるか。

「まんま、ん――ま」

朱陽はにこにこしながら手を口にいれている。梓は急いで朱陽を抱っこして流し台から下ろした。

「だめだよ、朱陽。しょっぱいでしょ。そもそもどうやって上ったの？　飛んだの？」

火の鳥朱雀の化身《けしん》である朱陽は短い距離なら飛ぶこともできる。

「うー、んまーま、あーい」

梓は朱陽の口の周りと手を拭いてやった。朱陽はそれでもまだ鍋に手を伸ばそうとしている。

「これは梓の。朱陽にはまだ早い」

「あーじゅ、んま、ま」

朱陽は不思議そうな顔で梓を見上げる。

「そう、梓のまんま」

「んー、ん」

朱陽は首をかしげた。その眉が寄せられ、不満げな顔になる。

「んーんー、たーたー」

「え？」

「たー、あいっ！」

朱陽はそう叫んでおなかを押さえた。からだがぐるっと前かがみになる。

「ど、どうしたの？　朱陽。まさかおなか痛いの？」

「うー、うー」

朱陽はしばらく唸っていたが、やがて顔をあげるとにぱっと笑った。

「なー……、あー……」

よくわからないがおなかが痛いわけではなさそうだ。梓は朱陽を抱き上げると、玄輝にしたようにねんねんねん、とからだを揺すった。

「いいこいいこ。おやすみ、朱陽」

「ん……」

朱陽は目をぱちぱちさせるとぱたりと梓の胸に顔を落とした。ふううと大きく息を吸い、吐き出したときにはもう眠っていた。

「やれやれ」

梓は朱陽を抱きかかえ、四畳半へ戻ると布団に寝かせた。

「……ラーメンおじや……やっと食べられる」

朱陽が手を突っ込んだだけだから、食べられる。いや、ここまで来たら絶対食べるぞ。

断固たる意志をもって台所に入り、次の瞬間、梓は叫びだしそうになった。声を殺したのはひとえに子供たちを起こしたくなかったからだ。

知らない人がいる――！

その人は梓に背を向け、コンロの前に立っていた。

「だ、だれ……」

長く白い髪に白い服。それはタカマガハラで見かける神様の衣装だ。

「か、神様、ですか？」

その神はゆっくりと振り向いた。眉毛も睫毛も肌も白いその人はまるで雪像のように見える。

「私は波邇夜須毘古《はにやすびこ》」

男性の神だったが、柔らかい声は女性めいてもいた。

「は、はにゃ……？」

「タカマガハラで子供たちの下《しも》の管理をしているものです」

「し、しも……ってつまり」

ウンチやおしっこのこと!?

そういえば紅玉が言っていた。子供たちはウンチもおしっこもしない。なぜならそれらは出たとたんにタカマガハラに召し上げられているから。

ウンチやおしっこも神のものならその土地への恵みになる。そうして一部にだけ運がつくといけないからと。

「そ、そんな方がなぜ」

「……朱雀が腹を壊しました」

「えっ」

「朱雀に何をたべさせましたか」

ハニヤスビコの声は穏やかだが、梓は身がすくむ思いだった。

「すみません、カップ麺の入ったおじやです」

「カップ麺」

「すみません！　やっぱり油と香辛料《こうしんりょう》が悪かったんですね！」

頭をさげる梓の耳に、ハニヤスビコの静かな声が届いた。

「……興味があります」

「え？」

「カップ麺。私はその食材をしらない」

「え、と……つまり……？」

「興味があります」

ハニヤスビコの声が一段低くなる。梓は息を呑み、おそるおそる申し出でみた。

「召し上がられますか？」


沸騰したお湯をヤカンから注ぐ。買い置きしてあった最後のカップ麺だ。三分待ってくださいと言うと、ハニヤスビコは黙ってちゃぶ台の前に座った。

きっかり三分経って、梓はふたをはがしてカップ麺を神の前に出した。

「……」

ハニヤスビコは箸を使って麺を手繰《たぐ》り、それを口に入れた。

梓はどきどきしながら見守った。神様がカップ麺を食べて大丈夫だろうか……。

「ふむ」

ちゅるんと麺をすするとハニヤスビコはうなずいた。

「これは、ずいぶんと試行錯誤《しこうさくご》して考えられた食品ですね……。たくさんの人間の努力と挑戦が感じられます」

「そ、そうなんですよ！」

梓は思わず身を乗り出す。

「これは食品の革命ともいえると思います！　日本人にしか考えられなかった食べ物です。昭和の大発明です！」

「味付けは濃いですが、食欲を刺激して箸が止まりません。なるほど、これがカップ麺……」

ハニヤスビコは食べ続けた。

「お、お気に召していただけましたか？」

「しかしやはり子供の胃にはあまり優しくはなさそうですね。食べさせるのはしばらくは待ってください」

「は、はい、すみませんでした」

しょんぼりと首を落とす梓にハニヤスビコは優しい目を向けた。

「そんなに気を落とさないでください。朱雀が大量に出したおかげでタカマガハラの大地は豊かになりました。神の田の稲《いね》も通常の二倍の大きさに育っています」

「そ、そうなんですか？」

「痛みもなかったようですし、結果オーライでしょう」

オーライ。神様もオーライなんていうんだ、と梓は食べ続けるハニヤスビコをぼんやりと見つめていた。

ハニヤスビコは麺を最後までたいらげ、汁も全部飲んで梓の前から消え去った。ちゃぶ台の上に、箸を載せた空のカップがひとつ……。

「最近カップ麺もインスタント麺も食べていないよね」

ちょっと切ないため息をついて、梓は「2」のノートをしまい「3」と書かれたものを手に取った。

ぱっと開いたところに『牧場へ行く。乳しぼり』と書かれている。

「あ、これって蒼矢の……」

牧場の緑と土の匂い、動物の匂いが甦る。

「あれも面白い体験だったな……」

記憶が風光る五月へと廻った……。

五月　牛乳の作り方

「あー！　ちゃったー！」

蒼矢の甲高い声が聞こえた。居間で洗濯物を畳んでいた梓がキッチンを覗くと、蒼矢が冷蔵庫の前で背中を向けて立っている。

「蒼矢、どうしたの？」

声をかけると、蒼矢はくるりと振り向いた。口の開いた牛乳の紙パックを両手で持っている。

「なんもない」

「なんもないって今、おっきな声出したでしょ？」

「なんもないよー！」

蒼矢は紙パックをぎゅっと胸に押し当ててた。よく見るとそのパックからミルクが垂れている。梓は蒼矢を頭から足下まで見て……。

「蒼矢、足、上げて」

蒼矢の裸足の下にほんの少し白い筋が見えている。

「なんもないもん！」

「足を上げなさい」

梓が重ねて言うと、蒼矢はしぶしぶ足を上げた。その下にちょうど足跡分のミルクが落ちている。

「蒼矢」

梓は蒼矢の手から紙パックを取り上げた。雑巾で蒼矢の足の裏を拭き、床を拭く。

「蒼矢、梓はミルクを零したのは怒らないよ。でもちゃんと教えて。嘘をついちゃだめだ。嘘はだめ、蒼矢」

「うー」

「嘘はだめ、言ってごらん」

蒼矢は唇をとがらせた。梓が辛抱強く待っていると、やがて小さな声で言った。

「……うしょは、だめ」

「そう、いい子だね。もう嘘は言っちゃだめだよ」

「うん！」

笑顔で答える蒼矢だったが、実はこのあとも何度も嘘をつき、うそつきの国へ連れていかれることになる。だが、それはまだ先の話だ。

「牛乳飲もうと思ったの？」

「うん、いれてー」

梓は紙パックを持ちあげた。大丈夫まだたっぷりある。

「蒼矢は牛乳好きだね」

「しゅき！　にゅーにゅーのむとおっきくなるってこーちゃんがゆってた！」

「そうだね」

牛乳をマグカップに注ぎながら、梓は何の気なしに聞いてみた。

「そういえば、蒼矢は牛乳ってなんだか知ってる？」

「……」

返事がない。カップを渡すと蒼矢はきょとんとした顔をしていた。

「にゅーにゅーはこえでしょー」

そう言って梓の手にある紙パックを指さす。

「うん、そうだけど、このパックの中にどうやってはいったのか――」

「おなべでいれたー」

蒼矢はごくごくと牛乳を飲んで言った。

「おなべ？」

「あのね！　おふろにね、あわあわってしてね、そんでおなべでいれんの！」

大発見をしたかのように自慢げな蒼矢に、梓は紙パックに描いてある絵を見せた。

「蒼矢、この絵はなあに？」

「うしさん？」

絵本や図鑑でよく見ているのですぐに答える。蒼矢は空になったマグカップを梓に返した。口の周りが白くなっている。

「そう。牛乳はこの牛さんが作ってるんだよ」

「えーっ！」

蒼矢は心から驚いたように大きな声を上げた。

「うしさん、あけるとにゅーにゅーになんの？　どっからあけるの？」

牛さんを開ける……？　もしかして蒼矢は牛をパックの口を開けるように想像しているのか？　いや、開けるってどんなふうに。

「牛さん開けちゃいけないよ。牛乳は牛さんのお乳なの。おっぱいなの」

「おっぱいってなにー？」

「う、」

梓は返事につまった。そういえば子供たちは結局ミルクを飲まずに育ったし、この家には女性がいないから存在そのものを知らないわけだ。

「ええっと、おっぱいって……」

「おっぱいー！」

言葉の響きが気に入ったのか蒼矢が甲高い声で叫ぶ。

「そ、蒼矢」

「おっぱいおっぱーい！」

蒼矢は叫びながら台所から出て行ってしまった。遠くからはしゃいだ声が聞こえる。他の子たちに覚えたばかりの言葉を伝授しているのか。

「ああ」

じきに足音荒く翡翠が現れた。常に白皙《はくせき》なその頬が赤らんでいる。

「羽鳥梓――！」

「……やっぱりきた」

梓は顔を覆った。その梓に翡翠が怒りに震える声で怒鳴り散らす。

「蒼矢になんという言葉を教えるんだ！　羽鳥梓！　今、子供たちが大合唱しているぞ！」

「……事故です」

「なにが事故だ！」

梓は顔を上げて声を振り絞った。

「それよりも、重要な問題があります」

「話をすり替えるな！」

「こらこら、なにを大声出してんの」

紅玉が苦笑しながら顔を出す。助かったと思いながら、梓は翡翠と紅玉に蒼矢が牛乳について甚《はなは》だしい勘違いをしていることを伝えた。

「なるほどなあ」

話を聞いた紅玉が呆れた声を出す。一方翡翠はまだ怒りが収まらないようで梓にきつい調子で言った。

「牛乳が牛の乳《ちち》だということを知らぬとは。おまえの教育が悪かったのではないか！」

「いや、それは無理ないわ。子供たちはまだ卵から孵《かえ》って三ヶ月や。世の中のしくみも牛乳も知らんで当たり前や。しかし、」

紅玉は眉間にしわを寄せた。

「おっぱいについてはきちんと教えておかんと」

「それなら私が」

翡翠はそういうと姿を変えた。あっという間にスーツを着た美女に変身する。

その胸は天を突くほどに盛り上がり、スーツを押し上げ、ボタンが今にも弾《はじ》かれそうだ。

翡翠はたわわに実った胸の下に両手をあて、持ち上げて見せた。

「どうだ、この見事なおっぱ……」

「問題が違います！」

梓は翡翠の言葉を遮った。いくら魅力的な肢体でも相手が翡翠だと思うとただの水風船にしか見えない。

「牛乳がどうやってできているのかを知らないのが問題なんです。牛を開いたらミルクが出てくるって、そんな風に思いこんで成長したらどうなるんですか！」

「ど、どうなるというのだ」

梓の勢いに翡翠のふたつの膨らみが急速に縮んでゆく。

「小さいといえど蒼矢は青龍。牛乳が飲みたくなって手当たり次第に牛を『開いちゃった』ら！」

「そうか！　キャトルミューティレーションどころではないな！」

「キャ……？」

梓が首をかしげると翡翠がいきいきとした様子で、

「アメリカの牧場でよくあった事件で、牛の目や内臓や血がなくなった状態で見つかることだ。一時期は宇宙人の仕業《しわざ》と言われて牛をさらうアブダクションとともに話題に……」

「確かに無邪気なだけに困ったことになるな。これはやっぱり現場を見せた方がええわ」

紅玉が翡翠の言葉を無視してかぶせる。話が長くなりそうだったので梓はほっとした。

「現場を見せる、ということは」

「牧場へ行こう！　やな」

天気の良い平日の午前中、子供たちと梓、紅玉は翡翠の運転する車で牧場へ向かった。車はいつもの翡翠が用意する八人乗りのバンだ。

東京周辺にはいくつか観光牧場があり、その中で乳搾り体験のできるところを選んだ。目の前で牛乳が牛から出てくるところを見れば、紙パックの牛乳しか知らない子供たちも、どうやって牛乳ができてくるのか納得がいくだろう。

子供たちは窓に張りついて、流れてゆく風景を見ている。

「ねーねー、ぼくじょーってどんなのー？」

朱陽が梓を振り向いて尋ねた。

「牧場はね、牛さんや羊さんがいて、みんなの大好きなミルクやチーズを作っているところだよ」

「ふーん……？」

「あーちゃんの大好きなソフトクリームもたぶんあるで」

いまいちぴんときていない朱陽に紅玉がそう言うと、たちまち顔に笑みがひろがった。

「ほんと!? あいしゅあんの!?」

「あるある。でっかいのがあるで」

「わー……」

朱陽はうっとりした顔でため息をついた。朱陽の想像する「でかい」ソフトクリームがどうか抱えられる程度でありますように、と梓は祈る。

いくつもの信号、いくつもの線路、いくつもの交差点を過ぎて車は進む、牧場へと向かって。


池袋から車でほぼ一時間、ようやく目的地に着いた。

目の前に広がる一面の緑の草地に子供たちはわあっと歓声をあげる。いつも行く公園よりだんぜん大きい。見渡す限りの緑の大地。五月の風が心地よく草をそよがせている。

「あじゅさ！　おそらからくも、おちてゆ！」

蒼矢が緑の草地の上にぽつぽつと乗っている白いものを見て叫んだ。

「蒼矢、あれは雲じゃないよ、羊だよ」

「ひちゅじー？」

「そう、よくみてごらん。ちゃんと足があるでしょう？」

牧場は動物たちが出て行かないように木製の柵が張りめぐらされている。子供たちは柵に向かって走り出した。

「すげー、いっぱいだー！」

さっきはちらほらしか見えなかった羊が、少し高い場所を越えるといきなり数が増えた。蒼矢が言うように、まるで空の雲をちぎって投げたようなふわふわした丸い毛玉。大きいのも小さいのも、それぞれがおとなしく草を食《は》んでいる。

（フワフワネ）

まだ声を出すことができない白花が念話で伝えてきた。

（ドウシテ、アンナフワフワナノ？）

羊がなぜふわふわの毛を持っているのか？　梓もそれは知らなかったので紅玉を振り向いた。紅玉は任せて、と親指を立てる。

「大昔、羊はあんなにふわふわしとらんかったんや」

（ソウナノ？）

「そうなんですか？」

それは知らなかった、と梓は白い毛玉を見つめた。

「羊が人間と暮らしてきた歴史は長いよ。なんと、約一万年！」

「へえ……」

ようやく西暦二千年を迎えたというのにその五倍の年月とは。

「その間に羊毛をとるために改良が重ねられてきたんや」

「じゃあ羊のあの毛は人間が作った……？」

「そう言ってもええね。改良の過程で羊の毛は伸び続け、人が刈らんとどうしようもなくなってしまった。羊は犬や猫みたいに季節で毛の生《は》え変わりせんからね。自然には抜けないようになってしもうた。ほっとくとずっと伸び続ける」

「そう考えると少し怖いですね」

「でもそのおかげで人は暖かく過ごすことができるようになったんや。しーちゃん、しーちゃんたちが使っとる毛布も羊さんの毛からできてるんやで」

（モウフ？）

「そう、毛糸やセーター、あったかいもの。そういうのがあの羊の毛でできているんだ」

（エエー）

白花はすごーいと羊に感謝の目を向けた。

「あじゅさー、あーちゃん、ふわふわ、おしゃわりする――」

朱陽が柵に掴まりながら言った。蒼矢も足をかけて上ろうとしている。白花や玄輝も柵に顔を押し当てていた。

「だめだよ。羊はとっても怖がりなんだ。人が入ったらびっくりしちゃう」

「あーちゃん、そっとしゃあるもん、こあくないよ」

「それはわかるけど……でも入れないよ」

「んー……」

朱陽はフェンスに額を当て、目を閉じた。柵を握る小さな手にぎゅっと力が込められる。

「朱陽？」

地面に口をつけていた羊が、一匹、二匹と顔をあげた。白い顔が次々とこちらを向く。

「え？」

羊たちが集まってきた。子供たちの前にぞろぞろと白い毛玉が密集する。

「朱陽、なにかしたの？」

「えへへー」

朱陽は目を開けると梓を見上げて得意げに笑った。

「おいでーってゆった」

話せるようになってからほとんど念話を使っていなかった朱陽だが、今、広い範囲で羊たちに呼びかけてしまったらしい。

朱陽は柵の隙間から手を出して、羊の頭を撫でた。モコモコの毛の中に指をつっこむと、手が見えなくなってしまう。

「ふわふわー」

蒼矢も白花も同じように羊を撫でた。

「わー、やらかいー」

（カワイイネ）

翡翠はカメラで羊と戯れる子供たちを撮りまくっている。

「いいのかな」

どんどん集まってくる羊に梓は少し不安になる。

「朱陽、もう羊さんを呼ばないで」

梓が言うと、朱陽はびっくりした顔で振り返った。

「あーちゃん、もうよんでないー」

「え？」

だが羊はあとからあとから湧いてくる。みんなが前へ出ようとして押し合いへしあい、先にきた羊たちが柵に押しつけられ、苦しげに鳴きだした。

「え、こ、これ、どうしよう……」

子供たちも怖くなったらしく、柵から離れだした。朱陽はおろおろとした様子で羊と梓の顔を見ている。

「あーちゃん……もう、よんでないのよ」

自信なさげに朱陽は言うが、羊の密集は止まらない。

「こ、紅玉さん、翡翠さん、これ……」

ミシミシと木が鳴り、揺れ始める。このままでは先頭の羊が押しつぶされてしまう。

そこへ「ワンワンッ」とけたたましくほえながら二匹の犬が走ってきた。犬は後部の羊に吠え、散らし始めた。

「わんわんだ！」

白と黒のボーダーコリーと呼ばれる犬が、羊たちの陣形を崩してゆく。やがて柵に張り付いていた羊も草地の方へ散っていった。

「よ、よかった」

梓は柵の前で朱陽がしゃがんでうなだれていることに気づいた。自分のやったことが、どうやらたいへんなことになったらしいとわかったようだ。

「朱陽」

呼ぶとびくっと朱陽は肩をすくめる。

「羊さんと遊びたいのはわかるけど、安易に呼びかけちゃだめだよ？　朱陽の力がどれだけあるのか、梓たちにも朱陽にもよくわからないんだからね」

「ん……」

朱陽はしょんぼりと肩を落とす。

「ひつじしゃん、いたいいたい、ない？」

一番前の羊が柵に押しつけられたことを心配しているらしい。

「うん、傷はついていなかったみたいだから大丈夫だと思うよ」

「ごめんちゃい……ね」

朱陽は柵の向こうの羊に向かって小さい声で謝った。羊はもうさっきまでのことは忘れたみたいにのんびりと草を食べる作業に戻っていた。

そのあとは牧場の牛舎の見学に向かった。なんといっても今日のメインイベントは牛の乳搾り。子供たちは初めて見る本物の牛に驚いた。

「でっかい！」

「でっかいねー！」

（オオキイ……）

「……」

いつも寝ぼけ眼の玄輝も目を見開いている。白と黒のホルスタインは、驚く子供たちに目もくれず、ゆうゆうと餌を食べている。

「これから牛さんのお乳を絞ってもらいます」

案内のお姉さんが目を輝かせている子供たちに向かって言った。

お姉さんは赤いチェックのシャツにデニムのサロペット、麦わら帽子に長靴という、いかにも牧場の人らしい服装だった。日に焼けてそばかすが顔一面に散っている。丸顔で笑顔のすてきな元気のいい人だった。

「最初は誰かなー？」

「あいあいっ！」

真っ先に手を挙げたのは蒼矢だ。

「おれやるー！」

蒼矢はお姉さんから透明な手袋をもらうと、一緒に牛のそばへ寄った。

牛は慣れたものか口をもぐもぐさせながらじっとしているが、蒼矢はさすがに間近は怖いようで、膝が逃げ出しそうに外へ向いている。

「さあ、ここへ座ってね」

お姉さんが牛のそばにある小さな椅子を指さした。

目の前にたっぷりと膨らんだ牛の乳房がある。蒼矢はそれを見て、不安げな顔で梓を振り返った。

「大丈夫だよ、蒼矢」

梓は両手の拳を握って振った。

「がんばって！」

「そーちゃん、いっしょにやろうか？」

紅玉が言うと蒼矢は首を振る。

「へーき！」

「そっか、えらいえらい。がんばれ」

蒼矢はゆっくりとした動作で椅子に座った。お姉さんがそばで牛の乳房を握る方法を教えてくれる。

「手のひらにお乳をいれたら、親指と人差し指でいちばん上をぎゅって握ってね。それからおにいさん指、おねえさん指、小指と、こう、順番に折っていくの」

お姉さんは蒼矢の目の前で指を上から折ってみせた。

「下までいったら逆に離していってまた上からね。あまり強く引っ張っちゃだめよ。牛さんが痛くてびっくりするからね」

「ん……」

蒼矢は指を何度もぱらぱらと折り、緊張した顔でうなずいた。そんな蒼矢に見守っている梓もハラハラしてしまう。

「じゃあ手を伸ばしてね」

蒼矢はお姉さんにうながされ、牛の乳房に触れた。はあっと大きく息を吸って吐く。そして教えられた通り指を握ったが――。

「あれ？」

お姉さんが首をかしげる。牛の乳は出なかった。蒼矢が絶望的な顔で再び梓を振り向く。

「大丈夫。もう少し力をいれてもいいよ？　ぼく」

お姉さんはそんな蒼矢を優しく励ました。

「……うしさん、いたくない？」

「大丈夫よ。ぼく、手を貸して」

お姉さんは蒼矢の手をとってぎゅっと握る。蒼矢は握られた手を見た。

「このくらいの力で握って大丈夫よ」

「う、うん」

蒼矢はもう一度最初から指を絡めた。

「じゃあやってようか、いちにぃのさん！」

ジャッ。

一瞬、細いミルクが乳房からバケツに吹き出した。

「やった！」

蒼矢はお姉さんを振り返る。

「でたよ！」

「やったね、ぼく」

お姉さんに背中をたたかれ蒼矢は照れくさげに笑った。梓の方へも振り返ってVサインを決める。

そのあと二回、三回とやるうちにコツを掴んだらしい。どちらも一度目よりたくさんのミルクが出た。

「上手上手！　ぼく、将来うちに就職しない？」

「えーえへへ……」

お姉さんにほめられた蒼矢はすっかりにやけている。蒼矢はバケツにたまった白い液体を見た。

「こえ、なあに？」

聞いていた梓はつんのめりそうになった。

「いや、そーちゃん。それが牛さんのお乳、そーちゃんの大好きな牛乳やん？」

紅玉が華麗に手のひらを返してつっこむ。隣では翡翠が古き良き昭和のずっこけ方から回復するところだった。

「にゅーにゅー？」

蒼矢は不思議そうにバケツの中のミルクを見る。

「えー？　だってうしさんからでたよ？」

「そうや、牛さんが牛乳作ってんのよ」

「ええー？」

蒼矢はお乳を出した牛の乳房を見た。

「なかににゅーにゅーのはこ、あるの？」

「そうやなくて、牛さんが作った牛乳を、箱に入れるんや」

紅玉は辛抱強く説明を重ねる。

「……」

蒼矢はしばらく考えていたが、いきなりバケツの中に手をつっこんだ。

「そ、蒼矢！」

指先で白い液体をすくい口の中へ入れる。

「ほんとだ！　にゅーにゅーだ！」

目を丸くして、後ろで待っている朱陽や白花、玄輝に手を見せる。

「ねー、にゅーにゅーだよ！　にゅーにゅー！　すげえ、うしさんすげえ！」

「あー、ほんとにゅーにゅーのにおい、するー」

朱陽が蒼矢の手を持って鼻先につけ、すんすんと匂いを嗅いだ。

「うしさんからにゅーにゅー、でた！　あじゅさ、しってた？　しってた？」

「う、うん、見るのは初めてだけど知ってたよ」

蒼矢は自分の手を見て、それからぱっとお姉さんを振り返った。

「うしさん、やるじゃん！」

お姉さんはくすくす笑いながら、ミルクの入ったバケツを傾けた。

「そうよ。これをきれいにして、みんなのおうちに届けるのよ」

「おれ、にゅーにゅーだいしゅき！」

「そう？　じゃあこれからもいっぱい飲んでね」

「うん！」

そのあと、朱陽、白花、玄輝と順番に乳搾りをしたあと、お姉さんに小さなコップに入った牛乳をもらった。もちろんそれは処理してあるミルクだ。

飲んだ子供たちはびっくりした顔をする。

「おいしーっ！」

「すげー、おいしー！」

いつも飲んでいる牛乳とはまったく違う味らしい。

（オイシイネ）

「……おい、しい！」

さすがの玄輝も声を出したくらいだ。

梓ももらったが、濃くて甘くて舌触りが絹のようになめらかだった。自然の中、という演出もあるのだろうが、ほんとうに美味しい牛乳だった。

「おいしいですねえ」

今まで自分たちが牛乳だと思っていたのはなんだろうと思うくらいの味だ。

「これはやみつきになるねー」

紅玉も舌で唇をぺろりとなめる。翡翠は無言で飲んでいたが、コップの底を空に向けてあおっていたので気に入ったのだろう。

「おみやげ用にお店の方で売ってますからぜひどうぞ」

お姉さんは営業も忘れない。

「あじゅさ、かってー」

「おうちでのむー」

子供たちが梓の腰の周りでぴょんぴょんと飛び跳ねる。

「わかったわかった。ちゃんと買って帰るよ」

「やったー！」

「ほんならお店の方に行こうか。ソフトクリームあるよ、あーちゃん」

「あいしゅー！」

朱陽は紅玉が指さした店の方にダッシュで駆け出した。その後ろを白花が追いかけてゆく。蒼矢も当然走るかと思ったのだが、なぜか動いていない。

「どうしたの、蒼矢」

梓は蒼矢に手を差し伸べた。蒼矢は逆に梓に向かって手招きし、口に手を当てる。

「なあに？」

内緒話をしたい、というポーズに、梓はからだを傾けて蒼矢の口元に耳を寄せた。

「……あじゅさ、おねえさん、おれのこと、しゅきなのかな」

「ええ？」

　梓は牛舎を見たが、お姉さんはもう中に入ってしまっていた。

「だって、てぇ、ぎゅってしたし、おうちにおいでってゆわれたし、おれ、おねえさんとけっこんすんの？」

「そ、そうだねえ」

　笑い出しそうになったが蒼矢の顔はしごく真剣だ。梓は緩みそうになる口元を隠すと、もう一度蒼矢の方に腰をかがめた。

「蒼矢はお姉さんのこと好きなの？」

「うーん」

　蒼矢は顔を赤くして両手で頬を押さえる。

「おねえさん、かわいーし……。しゅき、かも」

「そっか」

　梓は蒼矢の両手をとってぽんぽんとその甲を叩いた。

「じゃあ、蒼矢が牛乳たくさん飲んで、お姉さんより大きくなったらもう一度ここに来よう。そのときまだ蒼矢がお姉さん好きだったら、牛乳絞るお手伝いさせてください、って言ってみようか」

「それってけっこん？」

「就職かな。お姉さん、うちに就職しない？　って言ってたでしょ」

「ゆってた！」

蒼矢は首を赤べコのような勢いで振った。

「じゃあまずはおっきくならないとね」

「うん！」

蒼矢は牛舎を振り向いた。お姉さんの姿は見えないが、大きく手を振る。

「おれ、にゅーにゅーのんでおっきくなるからねー！」


「……あれから牧場行ってないなあ」

梓はノートを閉じて牧場の青空に思いを馳せた。

あのときはお店でピザを食べたっけ。バーベキューのできる施設もあったから、今度はみんなでお肉を焼くのもいいね。

梓は「3」と書かれたノートを戻し、続いて「4」と書かれたものを取り出した。

「もうこの頃にはみんなちゃんと話せるようになって……そうだ、白花の声が出るようになったんだ。それで、あそこへ」

梓は再びノートを開いた。

六月　回転寿司のルール

白花が声を取り戻したお祝いに、寿司屋に行こうと言い出したのは紅玉だった。

「待ってください。子供たちにはまだ早すぎますよ」

さすがに梓は反対した。

海の幸《さち》の宝庫福井《ふくい》で生まれ育った梓にしても、地元で寿司屋に入ったことはない。寿司カウンターは大人の領分という雰囲気で貧乏学生には眩《まぶ》しすぎた。

「大丈夫や。行くのは回転寿司。梓ちゃんだって回転寿司なら入ったことあるやろ？」

「ああ……」

それならある。月に一度くらいは母親と一緒に近所の一皿五十円からある回転寿司屋に行った。

上京してからも値段の安い回転寿司は味方になってくれた。皿の数を数えて千円以内に収めるゲームに一喜一憂したりしてそれなりに楽しんだ。

「今日はしーちゃんのお祝いだから、ぼくらのおごりや。金皿やって刺し盛りやって取ってえで？」

「それは嬉しいですけど、でも子供たちおとなしくしてますかね」

「カウンターやなくて、テーブル席に座ればええよ。子供たちは奥にして、僕らがしっかりガードするから」

子供たちは期待に目を輝かせている。回転寿司というのはなにか知らないが、どこか楽しそうなところへ連れていってくれるのだ、とわかったのだろう。

「あじゅさ、おでかけ！　おでかけでしょ」

「おっでかけ！　おっでかけ！」

朱陽と蒼矢がさっそくおでかけの歌を歌い出す。白花も唇を動かしていたのできっと小さく「おでかけ」と言っていたのだろう。

そう、これからは白花もみんなと一緒に歌を歌うことも、大声で笑うこともできる。

「うん……確かにお祝いだね」

「晴れの日には寿司！　日本の文化やよ」

テンションをあげる紅玉のそばで翡翠がしかめ面をする。

「どこの誰ともしれん人間が握ったものを子供たちに食べさせて大丈夫か？」

「翡翠はもう、とりあえず難癖をつけんと動けんのか？　しーちゃんが声を戻して嬉しくないの？」

「そ、それは私だって嬉しい。嬉しいに決まっている！」

「だったら、」

翡翠のスーツの裾を小さな手がひっぱった。白花だ。

「……ひーちゃ……おで、かけ……」

まだ声帯を使うことになれていない白花は長く話すことができない。

声も小さいが翡翠にとっては天上の音楽のような響きだろう。ひざまずくと、ぎゅっと白花を抱きしめた。

「もちろんだ！　白花！　この翡翠、おまえのためなら回転寿司だろうが回転木馬だろうが、なんだって食べてやる！」

「いや、木馬は食べられませんから」

梓が冷静につっこむ。とりあえず言っておかないと子供たちに木馬も食べ物だと覚えさせることになるからだ。


そうしてやってきた回転寿司屋。池袋《いけぶくろ》にはたくさんのお店がある。梓が学生の頃よく行っていたのは、安くておいしい「大江戸《おおえど》」という店だったが、そこは子供が四人入るには狭すぎた。

だが、こういうことには抜け目のない紅玉が、テーブル席があって店内の広い店を見つけておいてくれた。

「でもお寿司ってワサビが入っていますよね？　大丈夫かな」

「その点は大丈夫。この店は基本サビ抜きなんや。ワサビは別にとって好きなだけ載せたらええんよ」

「さすが、紅玉さん」

初めて回転寿司屋に入った子供たちは、まず店員さんの威勢のいい「らっしゃーい！」という声に驚かされた。

店の中には背の高い椅子が並びみんなが背中を向けて座っている、という状況も不思議だったらしい。珍しげにきょろきょろと店内を見まわした。

「あじゅさー、ここ、はみれす？」

「違うよ。ここは回転寿司屋さん」

「たいたんししやさん」

子供たちにはまだ言いにくいようだ。

「いすいっぱいだー」

「さあ、みんな席について」

レーンの横にテーブルが設置され、六人は座れるようになっている。だが、大人が三人に子供が四人では少し狭いようだ。

「翡翠、おまえ、少しやせろ」

「いきなりなんだ」

「そのかわり、しーちゃんの皿をとる栄誉を与えたる」

紅玉が言うと翡翠の姿があっという間に三割ほど細くなった。あいかわらず便利なからだだ、と梓は感心する。

テーブルにはレーンに近い方から朱陽、白花、翡翠、玄輝と並び、対面には蒼矢、梓、紅玉と座った。

「さて、みんなは回転寿司初めてやね。これからこーちゃんが回転寿司を楽しむためのルールを……」

「あーっ、おしゃら！　はしってくりゅよー」

紅玉の声を遮り、朱陽が椅子の上に立ち上がって叫んだ。

「おしゃらいっぱい！　あじゅさ、みてみて！」

カチャカチャと皿同士が触れあって音を立てながら進んでくる。蒼矢も白花もソファの上に立ち上がった。

「おしゃら、すげえ！　おれ、あおいの！」

蒼矢の言葉に紅玉が青い皿をとってやる。載っているのは白身の魚だ。

「えーっと、つまりお皿の上にお寿司が載っているから、自分で食べる分だけとるんや。だいたいはお魚だけど、たまごもあるし……」

「かーあげ！」

朱陽が叫ぶ。指さす先には唐揚げが三個乗っている皿がある。

「かーあげ！　あーちゃん、あれ！」

「……そう、唐揚げもあるし、デザートもある」

「ぷりんだー！」

子供たちはもう紅玉の説明を聞いていない。朱陽と蒼矢はソファの上に立ったまま、どんどん皿を取り始めた。

「ちょ、ちょっと待って二人とも。一度にそんなにとっちゃだめだよ」

さすがに梓が止めに入った。二人ともネタを選んでいるという感じではない。

「でもなくなっちゃうー」

「あっちいっちゃうー！」

朱陽と蒼矢は悲鳴のような声を上げた
「なくならないから、とにかく落ち着いて」

テーブルの上にはすでに六皿も置いてある。赤や青、白に金色、色とりどりだ。朱陽と蒼矢はカラフルな皿に目を輝かせている。

「おしゃらいっぱーい！」

「これ、ぜんぶおれのー！」

朱陽と蒼矢はテーブルの上の皿をガチャガチャと位置を変えたり押しやったりし始めた。

「白花、私がとってあげよう。なにがいい？」

大人しくしている白花に翡翠が言うと、白花はじっと流れてくる皿を見つめた。

「しーちゃ……きいろ、すき」

「黄色か？　黄色の皿だな？　よしまかせろ」

翡翠はレーンを見つめたが黄色の皿は流れてこない。

「む？　なぜ流れてこない、黄色の皿」

「翡翠。黄色の皿はないみたいだぞ」

紅玉が壁に飾ってある皿の見本を指さす。確かに黄色の皿はなかった。

「そ、そんな！　白花の希望に添えないではないか！」

「いや、そもそも皿を選ぶんやなくて上に載っている寿司を選ぶもんやで？」

「白花。黄色い卵焼きはどう？」

梓が手を伸ばして卵焼きの皿を取った。

「こら！　羽鳥梓。白花の皿は私が……」

「……たまご、しゅき……」

白花はにこりと笑う。その笑みに翡翠は胸を押さえて崩れ落ちた。

「くっ、私が白花の初めての寿司を取りたかったのに……羽鳥梓め！」

「いや、そんなことで恨まれても困りますから」

「げんちゃん、寝ないで。お寿司選ぼう？」

紅玉が声をかけて、玄輝は眠たげな顔を上げた。隙あらば寝ようとする玄輝は初めての場所でもマイペースだ。

「なにがいい？　取ってあげるよ」

そう言うとゆらゆらと頭を動かし、レーンの上を眺める。

「……」

指さしたのはタコのぶつぎりとワカメの和え物だ。

「げんちゃん……しぶいな。寿司はいいの？」

「……」

次に指さしたのはくじらの赤身握り、それにめかぶの酢の物。

「まあ、好きずきやからな」

タコに酢の物にくじらの握り。横にとっくりでも置きたくなるメニューだ。

朱陽と蒼矢はあっという間に自分たちで取った寿司をたいらげ、「つぎは、つぎは！」と追加をねだった。上に載っている寿司ネタでなく、皿の色で選んでいるらしい。

「白花、次はなにがいい？」

「えびさん……」

「そうか、えびか、待ってろ！」

翡翠が張り切って緑の皿を取った。白くて大きなボタンエビが載っている。しかし白花は首を振った。

「それ……ちがう……」

「なんと!?」

「あ、白花。ゆでえびがいいのかな？」

梓がゆでられたエビが載っている皿を取る。白花は大きくうなずいて皿を手にした。

「邪魔をするな！　羽鳥梓」

二度も白花の希望の皿を取れなかった翡翠は、頭から湯気を出す勢いで怒っている。大人げないことこの上ない。

朱陽と蒼矢がどんどん取るのでテーブルはあっという間にいっぱいになってしまった。梓はスペースを開けるため、空の皿を脇に重ねた。

「あ、だめー！」

蒼矢が梓の積んだ皿をテーブルに戻す。

「なんなの？　蒼矢」

「ちがうの！　みどりのつぎあおいのなの！」

蒼矢は皿の順番を変えた。

「そんであかをのせるの」

なにか蒼矢のルールがあるらしい。梓は蒼矢の好きにさせようと手を引いた。

「ん？」

朱陽の皿を見ると、まだたくさん寿司が残っている。せっせと食べているように見えたのだが。

「あれ？　ちょっと待って朱陽」

「んーん？」

朱陽は口いっぱいにご飯を詰め込んでいる。そう、ご飯だけを。朱陽の皿に残っていると思ったのは上に載っているネタだけだ。

「朱陽、お魚も食べなきゃ！」

「ごはん、おいちーよ？」

「いや、ご飯もおいしいだろうけど、お寿司は魚を一緒に食べなきゃ」

「んー……」

朱陽は首をかしげると、ネタの載った皿をがちゃがちゃと翡翠の方へ押しやった。

「ひーちゃんにあげゆー」

「こら、朱陽！　翡翠さんが甘やかすからって……」

「なにを言うか、羽鳥梓。これは朱陽が私にくれたものだ、一切れたりともやらんぞ！」

翡翠は皿を両手で囲んだ。それに呆れた目を向けて、

「誰もほしいなんて言ってませんよ！　というか、お寿司！　ネタを食べないなんてお寿司に対する冒《ぼう》とくでしょう！」

「む、それもそうだな……。朱陽、まぐろを一切れ食べてみろ。うまいから」

「あーちゃん、けっこーでしゅ。ひーちゃん、どーじょ」

朱陽が丁寧に拒絶する。

「あーちゃん、ごあんしゅきなの」

朱陽はそう言いながら赤身を指で摘まんで皿に置き、下のしゃりだけを口に入れた。

「紅玉さん、これはどうすれば……」

「まあ初めてのことやし、今日は大目に見よう」

紅玉は苦笑した。

「とりあえず翡翠がネタを食べてくれることやし」

「食べるとも！」

翡翠がぺろぺろとマグロの赤身を口に入れる。

「でもな、あーちゃん。お寿司はお魚とご飯、一緒に食べるもんなんや。せっかく一緒に

なって流れてきたのに、ばらばらにしちゃ可哀そうやで？」

紅玉が優しく言うと、朱陽ははっとしたように口を手で押さえた。

「おすししゃん、かわいそう……？」

「そや。ほら、まぐろのお布団はがされて、ご飯が寂しそうやろ？」

朱陽はひとつ残ったしゃりを見た。確かに赤い皿の中にぽつんと置かれている白いご飯の塊《かたまり》は寂しそうに見える。

「うん……」

朱陽は脇に避けておいた赤身をご飯の上に戻した。

「いっちょがいいよね」

「朱陽……お前はなんという優しい子なのだ……！」

感動した翡翠が叫ぶと、対面に座っていた梓と紅玉の顔に細かい水が飛び散る。慣れたこととはいえ、食事の席でこれをされるのは考えものだ。

「悪いね、梓ちゃん」

紅玉がおしぼりを渡す。

「紅玉さんのせいじゃありませんよ」

苦笑しながらおしぼりで顔を拭いたとき、梓はぎょっとするものを見た。白花がすし皿をレーンに戻しているのだ。

「し、白花！　なにしてるの？」

白花は梓の声にびくっと身をすくませる。

「お皿を戻しちゃだめだよ」

「だめ……？」

「そう、あとでお皿の数を数えて……って、あああ、」

皿がレーンの上を移動していく。梓が手を伸ばしたが届かなかった。

「お皿が……！」

そのとき翡翠が腕を伸ばした。通常の二倍近くに伸びた腕は、鞭のようにしなって空の皿を取ると、目にも止まらぬ速さで元に戻った。

「あいかわらず気色悪いな」

紅玉が笑いながら言う。翡翠は「ふんっ」と鼻を鳴らして戻った腕を撫でた。

「あ、ありがとうございます、翡翠さん」

「おまえのためじゃないぞ、白花のためだ」

翡翠はそっけなく言うと皿を重ねる。白花はおずおずと梓の顔を窺った。

「おさら……かたそうと……おもったの」

「そっか。白花はえらいね。でもお店では片づけなくてもいいからね」

「おさら……だれがかたすの……？」

白花はテーブルの上に置かれたたくさんの皿を心配そうに見る。家ではいつも空になった皿は梓がすぐに下げていたせいだろう。

「お店の人が片づけてくれるよ。そのときにお皿の数を数えてお勘定にするんだ」

「かず、かぞえんの？　あーちゃん、かぞえるよ！」

朱陽が割って入って大きな声で皿を数え始める。

「いーち、にー、さん、しーい……」

「あ、朱陽。朱陽は数えなくていいんだよ」

店内に響く大声に、梓はあわてて言った。

「あー、わかんなくなっちゃった！　あじゅさはだまってて！」

「おれもかぞえるー、いーち、にーい、さーん……」

「そーちゃん、だめ！　わかんなくなっちゃう！」

「なんだよー、おれもかぞえんの！」

「だめー！」

大騒ぎになった。朱陽と蒼矢はテーブルに乗りかねない勢いだ。梓と翡翠が「やめなさい」と引きはがそうとしても、暴れて手を振り払う。

「二人とも、ちゃんと座って……！」

梓が声を張り上げたとき、

「ソフトクリーム食べる人――」

のんびりとした声がかけられた。紅玉がソフトクリームをふたつ、手に持っている。

いつの間にか席を立って、店の奥にあるソフトクリームマシンで作ってきたのだ。

「あいあーい！」

朱陽と蒼矢は大喜びで手を上げた。紅玉は二人にソフトクリームを渡すと、白花と玄輝にも「ソフト食べる？」と聞いている。

「紅玉さん……」

「食べ物でつる、ちゅうのは安易すぎるとは思うけど、まあ、勘弁してよ」

「そんな、助かりました」

紅玉はそのあと白花と玄輝にもソフトクリームを渡した。

「ご飯の途中におやつを食べるというのはいかがなものか」

翡翠がむつかしい顔をしたが、紅玉は楽しそうにソフトクリームを食べている子供たちを見て片目をつぶった。

「いいやん？　回転寿司ってそういうもんや。なんでも好きなもんを好きなときに食べられる。自由なスタイルちゅーのも回転寿司の魅力やよ」

「しかし、これで通常の食事でも途中で甘いものが食べたいと言い出したら……」

「もちろんお菓子ばかり食べてご飯がはいらなくなっちゃうのはあかんけど、子供のうちは食事が楽しいもんやって思ってくれる方がええと思うな」

「おまえはどう思う、羽鳥梓」

急に翡翠が梓の方を向いた。眼鏡の奥の目は間違った答えは許さないと言っているように見える。

「お、俺も子供には食べたいものを食べさせたいです。俺、子供の頃、鶏肉の皮が食べられなくて……揚げてあるものは平気なんですけど、あのブツブツした肌が見えるとどうしてもだめで……」

梓の脳裏に小学校一年のときのつらい記憶がよみがえってきた。

シチューの中の鶏肉がどうしても食べられなくて、でも当時の先生は完食主義だったために食べるまでお皿を下げさせてくれなかった。

給食時間が終わり、帰る時になっても皿を机に載せている梓に、先生は鶏肉をビニール袋にいれ、家で食べるようにと命じた。

梓はその鶏肉を持って泣きながら家に帰り、冷たい鶏肉と母親の帰りを待った。

仕事から帰宅した母親はそれを聞き、怒って学校に電話をした。電話の内容は梓にはわからなかったが、それ以降、母親は給食に鶏肉が出るときは学校を休んでもいいと言ってくれた。

二年生になって担任が替わってからは、給食を残しても叱られなくなったので、安心して行くことができるようになった。

高校生くらいになってようやく食べられるようにはなったし、今では鶏肉も大好きになったが、それでも梓はあのビニール越しの鶏肉の冷たさを今でも覚えている。

「ああいう悲しい思いを子供たちにはさせたくないんです。好きなものだけ食べちゃいけないっていうけど、好きなものだけ食べたいですよ」

「栄養とかマナーとかあるだろうが」

「マナーは教えなきゃいけないだろうけど、それはそういう場になったときでええんちゃう？」

紅玉も援護射撃に入ってくれた。

「人の子は集団で過ごすことが多いから、みんなと同じものを食べなあかんこともある。そんなとき食べられんとつらいから、できるだけ好き嫌いやわがままは避けるべきやってのは僕もわかる。だけど、小さいうちは食事を苦行にしなくてもええと思うわ」

「私は子供たちが偏食になって栄養が偏るのが怖いのだ」

「栄養は、食べられるもので工夫すればええやんか」

「しかし……しかし……」

「翡翠さんも子供たちのことを心配して言ってくれているんですよね」

梓は頭を抱える翡翠を見て言った。

「好き嫌いは栄養に偏りがでて子供たちのからだのためによくない。でも今の子供たちにはそう言ってもわかりません。子供たちが理解できるようになったら、きちんと話します」

「そうではない。私は……私は自分のことを心配しているのだ」

「え？」

「好き嫌いを肯定してしまったら、私は白花がチョコレートを好きなら鼻血が出るまで食べさせるかもしれないし、朱陽がソフトクリームが好きならプールいっぱいだって用意してしまうだろう。そうしたら子供たちがどうなるか、それが不安で」

「その場合は力づくで止めるから安心せえ」

「そうですよ！　断固阻止します！」

紅玉と梓は立ち上がって両側から翡翠の肩を押さえた。

「あじゅさ」

朱陽が梓に向かってソフトクリームを差し出した。

「あじゅさ、あーん」

「くれるの？　ありがとう」

梓が笑顔を向けると、朱陽が注意深く梓の口元にソフトクリームを近づける。梓は舌を出してぺろりとなめた。

「あじゅさ、そふと、しゅき？」

「好きだよ」

「よかったー」

朱陽は顔中に白いクリームをつけて笑う。

「みんなでたべるとおいちーね！」

そう、食事は楽しく、おいしく。一食一食が特別で大切なもの。

「みんなまだお寿司食べる？」

「たべるー！」

子供たちはそろって声をあげ、笑顔になった。


おなかいっぱいになった子供たちを連れて家に帰り、おふろにいれて布団に転がしてお話しして寝かしつけて。

ようやく一息つくと夜の九時になっていた。

「梓ちゃん」

子供たちを寝かせて居間に戻ると、紅玉と翡翠がちゃぶ台の上に寿司を広げ、酒の用意をしていた。

「今日、ゆっくり食べられんかったやろ」

紅玉がグラスを持ち上げる。

「ここからは大人の時間や。わさびもたっぷり、おつくりもあるで」

「わあ、ありがとうございます」

　梓はちゃぶ台に座った。紅玉がグラスにビールを注いでくれた。翡翠は手酌で日本酒を飲んでいる。

まぐろにいかに河童《かっぱ》巻き。あおやぎに白貝、ほっき貝。いくらとサーモン、こはだにシマアジ。ゆっくりといただく寿司は海の味がする。

「今日の話だが」

翡翠が盃《さかずき》に唇をつけながら言った。

「やはり私は子供の好き嫌いはよくないと思う。しかし嫌いなものを無理強いはしないと誓おう」

堅苦しい言い方に梓は思わず笑ってしまう。

「はい、俺も好きなものばかり食べさせないで、なんとか説得したり調理方法を変えたりして、苦手なものを克服《こくふく》させます」

「なんにしろ、みんながおいしいおいしいって食べてくれるのが一番嬉しいな」

「ええ」

三人は閉まっている襖《ふすま》を見る。その向こうに四人の小さな神様の子供が眠っている……。

「子供たちの好き嫌いの話をしたのはこのときだけだったなあ」

梓はノートに記入された文字を指で撫でた。回転寿司はあのあとも時々行って、行くたび子供たちは学んでいった。

朱陽はもうネタとシャリを別々にしないし、蒼矢は皿の色を揃えて重ねている。白花は絶対レーンに皿は戻さないし、玄輝もそんなには寝ないようになった。

今でも時々ご飯の途中にソフトクリームを食べてはいる。理由はご飯でおなかがいっぱいになると最後のソフトクリームが入らないから、ということだ。子供たちもちゃんと考えるようになった。

「子供たちが毎日おいしいものを食べて笑って過ごせること……」

いただきますとごちそうさまの間にある物語。それが幸せな物語であるために、世の親たちは奮闘する。

梓はノートを棚に戻し、今日のノートを広げる。

「夕食は麻婆豆腐。豆腐が安くて大量にいれた。みんな喜んで食べてくれた」

いつかまたこのそっけない文を読んで思い出に浸るだろう。ごく普通のなにもない平凡な日々。それが積み重なって毎日となる。

宝物のような毎日となるんだ――。

第二話
サンシャインパニック

「あじゅさあじゅさー、きょう、ちゃんちゃいん、いくんでしょー？」

庭に洗濯物を干していると、朱陽《あけび》と蒼矢《そうや》が縁側に並んで言った。

よく晴れた秋の朝。穏やかな風が感じられる今日は洗濯日和《びより》だ。

「あ、そうだったね。サンシャインの抽選日、今日までだっけ」

「ちゅーせんちゅーせん！」

「ちゅーせんってなんかあたんだよねー」

前に意味を聞かれて教えたことはちゃんと覚えているらしい。

「うん、一等は旅行だよ」

「りょこーってなにー？」

蒼矢が聞いて、あ、そうか、旅行はしたことなかったか、と梓《あずさ》は苦笑した。

このあとしばらくしてみんなで軽井沢に行くことになるのだが、今のところは翡翠《ひすい》の車で出かけたり、高尾の天狗に連れて行ってもらったりと、電車に乗ったりバスに乗ったりの旅行はしていなかった。

「遠いところにおでかけすること」

わあっと朱陽と蒼矢は互いの手を取り合った。

「おでかけ、いいねー！」

「でも当たるかどうかわかんないよ」

梓はタオルをパンっと伸ばして言った。

「なんでわかんないの？　だれもわかんないの？　クエビコのおじちゃんならわかんの？」

朱陽の言うクエビコというのはタカマガハラにいる知恵の神だ。地上のことでわからないものはないと言われている。

「うーん、抽選は時の運だからなあ。クエビコさまでもわかるかどうか……」

今日締切の抽選というのは、サンシャイン六〇で買い物したレシートを持っていくと、その合計金額によって何本かくじが引けるというものだ。

なぜかわからないが、朱陽と蒼矢は抽選というものに多大な期待をしているようで、何日も前から「ちゅーせんちゅーせん」と盛り上がっていた。

「りょこーあたるといいねー」

「ほかにもなんかもらえんの？」

「ええっと」

洗濯物を干し終わった梓は、部屋の中に戻ってきた。朱陽と蒼矢もついてくる。

サンシャインでもらったチラシを見ると、一等が国内旅行、二等が商品券、三等、四等がレストランの割引券になっている。そして特別賞でサンシャイン水族館の入場券。

「おもちゃを買ったり、ご飯を食べたり、水族館に行けたりするみたいだよ。でも外《はず》れたらなんにももらえません」

「がーん」

蒼矢は両手で頬を押さえて有名な絵画の真似をする。その絵を知っていたのか、それとも本当にショックを受けると人はこんな仕草をするのか、どうなんだろう。

しかし、子供たちは小さくても神様だ。もしかしたら幸運が集中して引いたくじが全部当たってしまったりなんかして……。

「いや、そんなことはないよ」

梓の不安に紅玉《こうぎょく》が答えてくれた。

サンシャインに行くので紅玉と翡翠を召喚《しょうかん》した。抽選に行くんですけど、と恐る恐る言ってみたが、二人は気軽に了解してくれた。

翡翠にはくだらんと一蹴《いっしゅう》されるかと思ったがとくにそんなこともない。

「子供たちが四人もいるから、確かにこのあたりの運気はあがっとる。でも、一部に幸運が集中するのはまずいから、適度に散らしとる。だからくじ引きの当選確率が格段に上がることはないんや、申し訳ないけど」

紅玉が本当に申し訳なさそうに言うので、梓はかえって恐縮した。

「運気がなんだ。この愛らしい子供たちと一緒にいられることが一番の幸運だろう」

翡翠の言葉にまあそうかな、とも思う。確かに子供たちを授かったこと自体が自分にとっての幸せだった。

「じゃあ、みんな。こころおきなく、サンシャインでくじびきしよう！」

梓が言うと子供たちは「あいあーい」と飛び上がった。


抽選は噴水広場の二つ上、二階のホールで行われている。ずらりと机が並び、揃いのユニフォームを着たスタッフがその後ろに座っていた。机の前に並んでレシートの束を渡すと、ものすごい勢いで電卓が叩かれる。

「はい、ぜんぶで四回くじが引けますよ」

計算を終えたお姉さんがにっこりする。四回なら子供たちが一回ずつ引けるな、と、梓は後ろで待っている子供たちを前に出した。

「みんな、ひとり一枚ずつくじをもらって」

大きな四角い箱のなかに三角くじがはいっている。子供たちは目を輝かせてその中に手をつっこんだ。

「おれ、いっちばーん！」

蒼矢が三角に畳まれた赤い紙をとりあげる。

「あーちゃんも！」

朱陽が掴んだのは白いくじだ。

「しらぁな……これ」

白花《しらはな》は青いくじを、玄輝《げんき》は無言で黄色いくじを引いた。

「これどうすんの？」

朱陽が三角のくじを天井の照明にすかす。そうやっても見えはしないのだが。

「このくじはなー、こうやってめくるんや」

紅玉が三角のくじの先端を持ってめくってみた。まずは蒼矢のくじだ。

「あ、そうちゃん、五等やで」

「やった！」

「むこうでくじと引き替えに商品もらってきな」

「わーい！」

蒼矢は景品を渡すテーブルに走っていき、やがてペットボトルの飲み物をもらって帰ってきた。

「みてみてー！　おれ、かるぴしゅそーだ！」

「おお、すごいなー、そうちゃん！」

五等は一番下の当たり……むしろ外れと言っていいが、蒼矢が嬉しそうなので黙っておく。

「あーちゃんのこれ！」

朱陽がめくったものも五等だ。

「あーちゃんも五等やね。好きなもん、もらってきい」

「あーい！」

朱陽はくじを頭の上に掲げて走ってゆく。もらってきたのはオレンジジュースだ。

「あーちゃん、おれんじすきー！」

白花はめくって梓に見せた。

「あ、白花。四等だよ、レストランの割引券がもらえた！」

梓が言うと白花はかわいらしく首をかしげた。

「わりびきけん……なぁに？」

「料金が安くなる券だよ」

「ええー……」

白花の表情が蔭る。

「じゅーす……じゃない、の……？」

白花は朱陽や蒼矢のようなジュースを期待していたらしい。

「これがあると白花の大好きな焼き肉がたくさん食べられるってことだよ」

「うーん……」

それでも白花は朱陽たちと同じように、今、もらえるものがよかったらしい。

悲しげな顔をする白花に、朱陽が「しーちゃん、あーちゃんのじゅーすいっしょにのも」と声をかけている。

「……」

玄輝はめくった三角くじを梓に渡した。それも蒼矢や朱陽と同じ五等だ。

玄輝は景品を渡す机に行くと、りんごジュースをもらい、それを白花に渡した。白花は「ありがとと」と言ったが、やっぱり自分のくじに納得できていないのだろうな、というのは不満げな唇でわかる。

「まあくじってこんなもんや。自分の好きなものが当たるってことはないからな」

紅玉がなだめるが、白花はまだ頬を膨らませている。白花がこんなに意固地《いこじ》になるのも珍しい。

「白花、そんなにみんなと一緒がよかったの？」

梓がしゃがんで白花の顔を見た。白花は目に涙をにじませてうなずく。

「でもね、白花。この割引券でいつも食べられないたくさんのお肉が食べられるんだよ。そうしたら朱陽も蒼矢も玄輝も嬉しいよ。白花はみんなに嬉しいをプレゼントしたんだよ。それはとってもいいことだと思うよ」

「……」

白花は唇をぎゅっと噛みしめた。梓の言っていることはわかるが感情的に受け入れがたいのだろう。

「しーちゃん」

朱陽が白花の背中から腕を回した。

「あーちゃん、おにくいっぱいたべたい。しーちゃんのわりびきけん、おにくたべられるんでしょ、すっごいじゃん！」

「でも……」

「おにく、すっごいよ！　しーちゃんすっごい！」

「……すっごい？」

「うん！　しーちゃん、よんとう、すっごい！」

白花の口元が少しゆるんだ。

「よんとう……」

「いいなー、よんとう！　おにくいいなー！」

朱陽は白花の肩をがくがくと揺すった。白花の顔に笑みがのぼる。

「うん、……あーちゃん、おにくいっぱいたべてね」

「たべるよー、いっぱいたべるよー！　ねー、あじゅさ」

「う、うん。いっぱいね……」

さて、この割引券の限度額はいくらまでだっけ、と梓はこっそりと券を見た。


そのあとみんなで一階に降りた。さっきより人通りが多くなっている。

「なんや、すごい人、増えてきたね」

サンシャインは普段も買い物客や観光客で人は多いが、日曜日の今日はさらに大勢の人で賑わっていた。

「たっくさん、おちゃくさんー」

「いっぱい、いりゅねー」

子供たちも人波を珍し気にきょろきょろ見回した。

「日曜、いうだけの理由やなさそうやぞ」

紅玉が目を大きく見開いて、通る人を指差した。

「見てみい、あれ、普通の客と違うよなあ」

紅玉が言った方を見ると、金髪の巻き毛の人が立っていた。白いロングコートの下にドイツの軍服のようなものが見える。

「あじゅさー、おひめさま、いりゅよー！」

朱陽が甲高い声で叫んだ。そっちの方にはたくさんのフリルやリボンで飾られたわさわさとしたスカートを摘むお姫様がいる。

他にも体にぴったりとした、メカのついた白いレオタードのようなものを着ている男の子や、ほぼ水着のような女の子もいた。

「な、なんだ？　あれ」

「あー……同人イベントをやっているようだな」

壁に張り出されていたポスターを見ていた翡翠が教えてくれた。

「同時にコスプレ大会も開催されているようだ。あれはみんなコスプレイヤーと呼ばれる人間だろう」

「コスプレ、ですか」

刀を差して隣を通り過ぎていく侍を見て、梓はぎょっとする。素人のコスプレにしては本格的で、時代劇のロケかと思えるくらいだ。

「そういえば池袋はコスプレ好きやな、何度か街をあげてコスプレ大会をしとったわ」

紅玉がぽん、と手を叩いた。

「あじゅさ、こしゅぷれってなにー？」

蒼矢が大きな剣を背負い、黒い装甲に身を包んだコスプレイヤーを見ながら言う。

「なー、あれなー、かっこいー！　テレビのひとー？」

「あれはテレビの人とちゃうよ、そーちゃん。あれはしろーとさんや」

「しろーとさん？」

「そや、テレビや漫画の世界が好きで、その中の人になりきりたいと、格好を真似した人たちや」

「ふーん？」

蒼矢はよくわかっていない顔でうなずいた。

「かっこいーねー、おれもしたいー」

「うーん、もうちょっとおっきくなってからな」

コスプレの人たちは展示ホールから降りてきているようだ。あそこではよく展示会やイベントをやっているので、きっとその同人イベントも行われているのだろう。

「……あじゅさ、こしゅぷれ、みたい」

白花が小さな声で言った。

「……おひめしゃま、いりゅの？」

「ど、どうかな。小さな子供には刺激が強すぎるんじゃないかな」

梓は困って言った。ごく平均的な青春を送ってきた梓には、コスプレも同人も縁遠い。いったいどんなものなのかもよくわからない。

「よし、私がちょっと様子を見てこよう。もしかしたら有料かもしれんしな」

翡翠がしゃがんで白花に言った。

「え？　様子って……」

梓が言う前に、翡翠の姿が細かい水の粒になって消える。

「わ、翡翠さん！」

梓はあわてて周りを見回した。幸い誰にも見られていな……いや、いた。スマホを手にしている青年がこちらを凝視している。見開いた目がこぼれ落ちそうだった。

梓はさっと視線をそらした。

(今のは気のせいですよー、幻覚ですよー)

心の中でそう呟く。

もう一度様子を伺うと、青年はしきりに目を擦りながら向こうへいってしまった。

ほっとしたのもつかの間、再び翡翠が水滴を集め姿を現す。

「ひ、翡翠さん！　そうやって出たり消えたりするのやめてください！」

「なにを怒っているのだ、羽鳥《はのとり》梓」

翡翠がきょとんとする。

「今、人に見られてましたよ！」

「ふん、大丈夫だ。人間は自分の目で見たことなど信用しない。人間が信じるのはネットのニュースとツイッターの一四〇文字だけだ」

翡翠はめがねのブリッジを指で押し上げ、決めつけた。

「暴論ですよ」

「それはそうと、上でやっていたイベントは無料だったぞ。行ってみよう」

「またそんな簡単に……」

梓は紅玉を見た。紅玉は今目の前を通っていった白い羽根をはやした女の子の後ろ姿を目で追っている。

「紅玉さん？」

「あ、いや、すまん。今の子めっちゃかわいかったんで、つい……ええっと、なんや？」

「同人イベントは無料だった。行ってみないか？」

翡翠が紅玉を誘う。無料という言葉に紅玉の顔が輝いた。

「それはええな」

「あーちゃん、いきたーい！」

朱陽が床の上でぴょんぴょん跳ねる。

「おれもいくー！」

蒼矢も負けじと大声をあげた。

「しらぁなも……いきたい、こしゅぷれ、みたい」

「……！」

玄輝は親指を立てて見せた。彼はやる気だ。

「しょうがないなあ」

梓は子供たちの頭に順番に手を置いた。

「じゃあ、迷子にならないように、しっかりと手をつなぐよ？　離しちゃいけないからね」

「あいあーい！」

子供たちは両手を突き上げ、歓声をあげた。


展示ホールのある階は、今までいた商業施設の比ではないほどに混み合っている。そしてコスプレをしている人はさらに多かった。

子供たちは大喜びで、自分の見つけたものを報告してくる。

「あじゅさー！　かいじょくいたー！　どくろのまーく！」

「あじゅさあじゅさ！　にんじゃいりゅよ！　すげい！」

「……しっぽ……にゃんこちゃん」

「！　……！」

玄輝はミニスカートや水着のお姉さんを見つけては、こぶしを握ってうなずいている。

時折、ふっと暗い顔をして首を振ったりしているが、それには誰も触れなかった。

「あっちのホールではなんか売ってるようやな」

紅玉が廊下をはさんだ反対側のホールを見て言う。

「あれはおそらく同人誌を売っているのだ」

翡翠が教えてくれた。

「同人誌ってなんですか？」

「知らんのか、羽鳥梓」

米が稲からとれるということを知らない人間に向けるような冷たい目で、翡翠は梓を睨んだ。

「趣味と志《こころざし》を同じくしたもの同士が集《つど》い、自分の情熱をぶつけて作り上げる本のことだ」

「それを売るんですか？　素人さんですよね？」

「そうだ、自分の好きなものについて語り、または絵や文章にする。それを同じ趣味を解するものに見てもらいたい。それは人間の根本的な欲求だ！」

「好きなものを見てもらうんなら金とらんでもええのに」

紅玉がつっこむ。それに翡翠は敢然と首を横に振った。

「おそらく彼らもそうしたい、いや、逆に金を払ってでも見てほしいものもいるだろう。だが、あえて自分の作品に金を払ってくれるものがいる、というのはとてつもない快感なのだ！　……まあ、好きなことを続けるのも金がかかるしな」

翡翠が立て板に水の流れるごとく、流暢《りゅうちょう》に説明する。

「ふうん、そっかそっか」

紅玉はわかったようなわからないような顔をしていたが、もう面倒くさくなったのか、あっさりと相槌を打った。

「コスプレよりはすこし空いているようだ、中を覗いてみよう」

翡翠に促され、大人三人と子供四人はその会場に足を踏み入れた。


会場には細長い机がいくつも連なり、たくさんの島を作っているようだ。机にはカラフルな布がかけられ、その上にピカピカした薄い本が並んでいる。立て看板や人形が並んでいる机もあった。

机と机の間の通路には紙袋やトートバッグを持った人々が、静かに、しかし熱い瞳で机上を見ながら移動していた。

「あの机の半分がスペースと呼ばれる場所だ。座っているのはサークルと呼ばれるものたちになる」

翡翠が解説する。しかしなんでそんなに詳しいのか、梓はつっこみたかったが、長い説明が返ってきそうで飲み込んだ。

「こういうイベントってあちこちで行われているんですか？」

梓は机の上に並べられた本を横目で見ながら翡翠に聞いた。

「そうだな、日本全国、いや、世界規模で行われているらしい。日本で一番有名な同人イベントといえば、コミックマーケット……通称コミケだ」

「コミケ……聞いたことがあります」

ニュースやSNSでその名は見たことがある。

「うむ、今や盆と年末のテレビのニュースには欠かせぬ存在だからな。開催は、今は主に有明《ありあけ》の国際展示場で行われている」

翡翠は力強くうなずいた。

「国際展示場ですか、規模が大きいですね」

「聞いて驚け、コミケでは三日間に五〇万人強の来場があるそうだ」

「五〇万人⁉」

ちょっと数の把握ができない。

「姫路《ひめじ》市の人口が五三万人だな。そのくらいの人数が金を握りしめ殺到する。そこで動く金はいまや日本の経済をも動かす」

「そ、そうなんですか」

「なのに、だ」

翡翠は重大な秘密を打ち明けるような顔をした。

「その三日間でほとんど事故が起きない。これは素晴らしいことなんだぞ、羽鳥梓。五〇万の人間はほぼ素人。だが、彼らの動きは訓練された軍隊のように、スタッフの指示に従順で礼儀正しい」

「スタッフがプロってことですか？」

翡翠は首を横に振った。

「スタッフも専門職ではない。夏と冬のそのイベントのときだけボランティアで、コミケの運営にたずさわるのだ」

「ボ、ボランティア!?」

梓の知っているボランティアとは種類が違うようだ。

「そうだ。コミケをコミケたらしめているのは、スタッフと参加者、彼らが『コミケに参加している』という熱い思いとプライドだ。コミケはそのほとんどを参加者の自由にさせている。それでも事故が起きないのは、参加者自身が気をつけているからだ。自分の不注意なふるまいが、コミケの存続をあやうくするかもしれないという危機感だ！」

熱弁を振るっている間に気持ちがたかぶったのか、翡翠の眼鏡が白く曇った。

「なんでみんなそんなにコミケを大切に思っているんですか？」

「それは――」

翡翠は会場を見回し、スペースに座っているサークル参加者に優しいまなざしを向けた。

「コミケが……こうしたイベントが、自分自身を自由にし、同じものを愛する人間と心をつなぐことができる場だからだ」

翡翠はこぶしを握り天井を仰いだ。自分の言葉に感動し震えているようだ。

「自分の好きなものかあ……」

梓はスペースの本の表紙を見たが、最近のアニメは見ていないのでさっぱりわからない。だが座っている人たちがみんな幸せそうな顔をしているな、とは思った。

「あ、あじゅさー！　ガイアレッドとブルードアゴンだ！」

蒼矢が叫んでひとつのスペースの前に駆けつけた。

「蒼矢！　手を離しちゃいけない！」

梓は他の子を紅玉に預け、急いで蒼矢を追った。

蒼矢は女の子が二人座っているスペースの前でぴょんぴょん跳ねている。

「ねーねー、ガイアレッドとブルードアゴンだよねー」

そのスペースの机の上には確かにガイアドライブのレッドとオーガミオーのブルーの変身した姿が描かれたミニ看板が立てられている。レッドとブルーは手を取り合い、寄り添っていた。

「ねー、ガイアレッドのごほんあるのー？」

蒼矢が机に両手をかけて聞く。売り子の女の子たちはなぜかそわそわし、机の上の本をぱたぱたと裏返し始めた。

「えっと、その、ガイアレッドのご本はあるけど、その——字がいっぱいで小さい子には読むのがむずかしいよ?」

女の子が身を乗り出すようにして言う。

「だいじょぶー、あじゅさによんでもらうもん」

「よ、読んでって、音読……げふっ」

女の子は口元を覆ってのけぞる。

梓は机の上に乗っていた薄い本を「いいですか?」と取り上げた。女の子たちは「あわあわ」と言葉にならない声を上げている。

ページを開いた。

「……」

きれいな男の人二人が裸で抱きあっている絵が飛び込んできた。

「……」

梓はにっこり笑って本を閉じ、机の上に戻した。

「すみません、うちの子にはまだ早いみたいです」

「あああ、すみませんっ!」

女の子たちは机の上に身を投げだして本に覆い被さった。

その周りの売り子たちも、慌てた様子で本の上に布をかけたりバッグを置いたりしている。だが蒼矢は無情にもそんなスペースに行っては「ぶるーどあごんいないのー?」と聞いていた。

「梓ちゃん、大丈夫か」

子供たちを連れた紅玉が来てくれる。

「はあ、まあ、ちょっと知らない世界を覗いた気分です……翡翠さんは?」

梓の言葉に紅玉が背後を親指で指す。翡翠はあるサークルの前に立ち、なにか話しかけていた。

やがて戻ってきた翡翠は一冊の薄い本を抱きしめていた。

「しんじられん、のーば先生がサンシャインのイベントに参加されているとは……! コミケにしか出られていないと思っていたのに」

「翡翠さん、同人誌買ったんですか」

梓はびくびくしながら翡翠の持っている薄い本を見た。さっきみたいな内容だったらどう反応すればいいのだろう?

「ああ、のーば先生はウルトラ怪獣の同人誌を出されていてな、その考察と精緻《せいち》なイラストは、毎回私を感動の渦に巻き込んでくれる。見ろ、今回はツインテールだ!」

「はあ……」

よかった、えっちな本じゃなかった。しかし、ガマみたいな顔を持つ、逆立ちしたエビのような怪獣に興奮するのもどうかと思う。

「すばらしい……今日出会えるとは思わなかった。この出会いに乾杯！」

「じゃあみんな、そろそろ出ようか」

その場で喜びの舞を舞う翡翠を放って、梓は子供たちを出口の方へ促した。と、その肩をがしっと掴むものがいる。梓は仰向けにひっくり返りそうになった。

「うわっ？」

「おまえ、羽鳥梓だろう？」

目の前にいたのは黒髪を高く結い上げ、薄い布を何枚も重ねたフリルのようなドレスを着た女性だった。おそらくなにかのコスプレだと思うが、梓にはわからない。

「え、えっと……」

「これは――弁財天《べんざいてん》さま」

紅玉が驚いた顔で頭を下げた。

「ベンザイテン？」

「七福神《しちふくじん》の弁天、と言えばわかるかな？」

女性――弁天はにこりと赤い唇で微笑む。

「そうじゃ。こんな場所で会えるとは奇遇じゃ。おお、この子たちが四神子か。かわいいのう」

「弁天さま?」

弁天はしゃがみこみ、子供たちに目線をあわせた。

「わらわは弁天じゃ。タカマガハラのものだ。よろしくな」

「よっしくーしゅ!」

朱陽が両手を挙げて飛び跳ねる。

「おれもよーしく!」

蒼矢も真似して飛び上がった。

「……よろしゅく……おにゃがい、ましゅ」

白花はぺこりと頭をさげる。

「……」

玄輝は薄い布の間から見える真っ白な胸をじっと見つめた。

「弁天さま、なぜこのようなところに」

紅玉が聞くと弁天は「ああ、ほれ」とあごをしゃくってみせた。

「あれじゃ、あれ」

見ると壁際のブースに色とりどりの華やかな女性のイラストポスターが貼られている。

どうやら新しいスマホゲームの宣伝のようだ。

「神をダウンロードし、戦って遊ぶというゲームらしい。それにわらわの絵もあるというのでな、見に来たのだ」

梓たちはそのポスターの前に移動した。なるほど、「ベンテン」「イザナミ」「クシナダ」など、神話の女性たちが描かれている。

「わあ、弁天さま、これはまたあられもないお姿で」

紅玉がポスターを見て苦笑する。

描かれている弁天が身につけている布は小さすぎてほとんど裸のようだ。かろうじて、腰の周りに薄い布がついているが、それも派手に翻《ひるがえ》っている。

「うむ、仕方がない。わらわの公式の姿はほぼマッパじゃからな」

「そういう問題ですか」

「こちらのアマノウズメさまもまたセクスィなお姿ですね」

翡翠がひれを振って踊っているアマノウズメのイラストを見て言った。ウズメは金属の飾りだけを身にまとっている。

「そうなのよねー、あたしの扱いってほとんど最古のストリッパーなんだもの」

背後の声に振り向くと、ピチTにミニスカート、ビーチサンダルのラフすぎる格好の女神がいた。日焼けした顔をラメの入ったアイシャドーで飾っている。

「ウズメさま」

「でもけっこー美人に描いてくれて嬉しいわぁ」

「サクヤもかなり露出度が高いな」

弁天が指さしたイラストは、花をまき散らす美女の絵だ。深いスリットがはいった太股の上の方まで見えそうなスカートをはいている。コノハナサクヤ姫、と名前が入っていた。

「あたくし、こんな格好したことありませんわ」

梓の横でため息がこぼれた。驚いて振り向くと、ひらひらと桜の花をこぼしながら微笑む美女がいる。以前家に来たコノハナサクヤとよく似ているが、多少大人っぽい。

「みなさん、このゲームを見に来られたんですか？」

梓が聞くと三人の女神はうなずいた。

「うむ、最近の若い人間たちに自分がどう映っているか興味あるじゃろう？」

「肖像権とか主張しちゃおうかなあ」

「あたくし、ピンクよりはブルーが好きなのですけれど、変えてもらえないかしら」

三人は自分たちの絵や他の女神の絵を見てあーだこーだ言い始めた。

「梓ちゃん、行こう」

紅玉は梓の腕を引っ張った。

「え、いいんですか、女神さまたちを放っておいて」

「いいのいいの、あれでけっこうオトナだから騒ぎを起こすようなことはせんと思うよ」

オトナ……まあそうだろう、何千年も大人だ。

しかしその大人が揃ってこうしたイベントに来るのはいかがなものか……と思いながら周りを見渡すと、そういういい年をした大人だらけだ。

うん、そうか。ここは大人の遊園地なんだね。

「まあ、待て、羽鳥梓」

その場を離れようとした梓の襟首を再び弁天が掴んだ。

「な、なんですか」

「今三人で話していたのだが、」

「はい」

弁天は美しい顔をぐっと梓に近づけた。

「おまえ、われらの中で誰が一番美しいと思う？」

「はあっ⁉」

三人で話していたのはポスターの絵のことじゃなかったのか、いったいなんでそういう話になっているのだ。

「あ、あの、」

「梓ちゃん、やばいでこれは」

紅玉がひそっと耳打ちする。

「いったいなんでこんな話になってるんですか……！」

梓も小声で答えた。

「話に脈絡なんかないのが女子の話だ」

翡翠も反対側の耳に囁きかける。

「絵の話がいつの間にか自分たちのことになってしまったのだろう、しかしこの三人、誰を選んでもこじれてしまう」

翡翠はしかめ面で言った。

「そ、そんな」

「アマノウズメさまはいわば天界のトップダンサー、弁天さまは天界のスーパーミュージシャン、コノハナサクヤさまは天界のカリスマガーデニングマスター、もといスーパーモデルだ。日頃からあちこちでやりあっている」

梓の目の前で三人の女神がしなを作り、魅力的なポーズを競っている。ざわざわと周りに人も集まりだした。

「そ、そんな三人がどうして揃って地上にくるんですか」

「これが普段は仲がいい、という、女子の不思議議で」

「おい、なにをこそこそ言っているのじゃ」

弁天がいらついた口調で言った。

「さっさと決めないか！」

「そ、そんな……」

焦る梓の足をぽんぽんと叩いたものがいる。見下ろすと玄輝だ。

「げんちゃん、女子なら任せろって言いたいンか？」

「げ、玄輝？」

紅玉の言葉に玄輝はうなずいて親指を立てた。

「ほう、玄武《げんぶ》が決めてくれるのか？」

弁天は顔をほころばせる。ウズメもサクヤも思わず、と言った様子で微笑んだ。パラパラと桜の花が散る。

「げ、玄輝」

止めようとした梓の手を紅玉が押さえる。

「大丈夫や、梓ちゃん。子供の言うことならあの三人もそんなに真剣には捉えんと思うよ」

「そ、そうですかね」

玄輝は身を屈めて自分を見ている三人を見回し、何度かうなずいた。

そしておもむろに右手を挙げる。

「さあ、だれじゃ？」

弁天の声に応えて玄輝が指さしたのは――、

「え？」

ゲームのブースにいたオレンジ色のミニスカートをはいたお姉さんだった。

「げ、玄輝いいいっ！」

梓は頭を押さえて絶叫した。

「あ、そういえばげんちゃん、さっきお菓子もらってた！」

紅玉が思い出した、と手を叩く。

「そういう情報は早くください！」

「いやいや、玄輝はおそらく無用な争いを避けようとして」

「玄武は正直なだけじゃないのか」

第三の声がした。驚いて振り向くと、そこには髪をオールバックに固め、フリルのたっぷりしたブラウスにスパンコールで飾られたスーツを着た……、

「ア、アマテラスさま……っ！」

タカマガハラの最高権力者・アマテラスがすっくと立っていた。

「おや、アマテラス殿」

「やっだー、なんでいるのー」

「どうしてここにお出ましになりましたの？」

さすがに三人の女神たちも姿勢を正した。

「うむ、やはりわたくしとしても自分を描かれたというなら一度は見に来ないとな」

やっぱりゲームのポスターを見に来たのか！　タカマガハラの神ってひまなのか⁉　と梓は胸の中でつっこむ。

「とにかく玄武がそう選んだのだから、誰が美しいなどという勝負のつけられない争いはやめろ。おまえたちはそれぞれ違った美しさを持つのだから。それはよくわかっておるだろう」

アマテラスが言うと三人の女神はシュンとした。

「申し訳ありません、アマテラスさま」

「よいよい。それよりわたくしの絵はどこだ？」

アマテラスは三人と一緒にゲームのブースへポスターを見に行った。

「あー、よかったー」

紅玉は心からほっとした声をあげ、ため息をついた。

「アマテラスさままでいらっしゃるとは……恐るべきゲームだな」

翡翠もやれやれと額の汗を拭く真似をする。

「それにしても、ほんま、無用な争いがおこらなくてよか」

「なんだこれはーっ！！」

背後でアマテラスの怒鳴り声が響きわたった。

「うわ、なんや！」

「アマテラスさまのデザインもなにかハレンチなものだったか」

あわてて駆けつけるとアマテラスがポスターの前で怒りに震えている。

そのポスターには「アマテラス」という名の六歳くらいの幼女の絵が描かれていた……。


展示ホールから出て、商業施設アルパの方へ戻った梓と翡翠と紅玉と子供たちは、二階のスターバックスで一息ついていた。

「あー、大変やったわー」

「アマテラスさまをなだめるのがな」

「最後には弁天さまたちがひきずっていきましたけどね」

子供たちはそれぞれ色とりどりのフラペチーノのグラスを抱え、ご満悦《まんえつ》だ。

「同人イベントはもうこりごりです」

「そう言うものではない、羽鳥梓。今回はたまたま女神たちが来るというアクシデントがあったが、本来のイベント、しかもコミケはとても楽しいものだぞ！」

音を上げる梓に翡翠は憤慨した様子で言った。

「それは自分の趣味にあったものがあれば、ですよね」

「梓ちゃん、好きなものないの？」

紅玉に聞かれて梓は首をひねった。

「うーん……昔はいろいろあったかと思うんですが、今は……子供たちが一番かなあ」

「それは当然だ、仕方がない」

翡翠はもっともらしい顔をしてうなずいた。

「だが……では、子育て本はどうだ？　きっと先輩たちがいろいろと教えてくれるぞ」

「そんなのもあるんですね」

「ないものはない。すべてがある。それがコミケだ」

翡翠は力強く言って、ズズウゥゥゥとアイスコーヒーを吸い込んだ。

「この子たちも将来、漫画やアニメにはまってあんな本を作ったりするのかなあ」

梓は横にいた朱陽のふわふわとした頭に手を置いた。

「あーちゃん、ぷいきゅあ、しゅきよー」

朱陽が笑って言う。

「おれはーガイアレッドとーブルードアゴン！」

蒼矢がスプーンを振り回して叫ぶ。

「しらぁな……しろーちゃん……しゅき」

白花が恥ずかしそうに主張する。

「……」

玄輝はスプーンを口にくわえたままこっくりこっくり船を漕《こ》いでいる。

子供たちが大人になったとき、たくさんの「好き」ができているといい。

梓は口の周りをアイスクリームだらけにして幸せそうに笑っている子供たちを見ながら、そう願った。

第三話
神子たち、絵本で遊ぶ

＊蒼矢とお菓子の家

蒼矢《そうや》が一番好きな童話は『ヘンゼルとグレーテル』だ。

とにかくお菓子の家が出てくるところが大好きでたまらない。

「ヘンゼルとグレーテルは暗い森の中を進んでゆきました。すると甘い、いい匂いがしてきました」

梓《あずさ》が読んでいる間、蒼矢は目をキラキラさせて続きを待っている。

「ヘンゼルが木の茂みをかきわけると、――なんとそこに……お菓子の家が建っていました！」

「もういっかい！　もういっかいそこよんでー！」

そうやってねだって、何度もお菓子の家が登場するところを読まされるので、なかなか先に進めない。

ようやく進んだかと思うと、お菓子の家を食べる描写の部分も何度も読ませられる。

「やねのーうえはーすってさー、チョコあじかなー、いちごあじかなー」

蒼矢は想像する。食べる真似をする。

「かべのくっきーはクリームでかためてあるのかなー」

窓ガラスが透明な飴になっているのも蒼矢的にツボらしい。

ただ、お菓子の家を食べるところまではいいのだが、そのあと、二人が捕まってしまうところや、グレーテルが魔女をかまどに突き飛ばすところは怖いのだ。

一度絵本通りに読んだあと、梓はいつもそこを「ヘンゼルとグレーテルは逃げ出しました」と読み替えている。

「おれもおかしのいえ、たべてみたいなー」

蒼矢はお菓子の家のページを開いてうっとりする。


いつものように縁側に腹這いになり『ヘンゼルとグレーテル』を開いていると、どこからか甘い香りが漂ってきた。

蒼矢は顔をあげ、鼻をひくひくさせる。

「あまぁーい、あまい……チョコのにおい？　バターのにおい……？」

どこからするんだろう。お庭かな？　それとも台所かな？　いや、もっと近いところから……。

「あ、えほんからだ」

蒼矢が呟くと、あっというまに周りが深い森に変わった。

「あれえ」

蒼矢は柔らかな苔《こけ》の上に横になっていた。日の光が木々の間から苔の上に丸く差し込み、鳥の声が高い梢《こずえ》から響いている。

絵本を持って立ち上がると、切り株の向こうにいた茶色のウサギがあわてて逃げていった。

「もりのなかだ」

甘い匂いはまだ漂っている。今度は本からではなく、木々の向こうだ。

「ヘンゼルとグレーテルはにおいをたどってすすみました」

蒼矢は何度も読んですっかり覚えた文章を口の中で呟いた。木々の間を抜けて茂みを乗り越え、匂いを辿ってゆく。

「きのしげみをかきわけると、そこには――」

がさがさと目の前の細かな木の葉をかきわける。

「おかしのいえが……たっていました！」

本物だ！

そこは森を切り開いて作られた草地だった。

草地の真ん中が白く丸い円になっていて、その中に何本かの木とたくさんの花、そしてお菓子の家が建っていた。

「すっげえ……！」

両側に立つ見上げるような木には虹色のコットンキャンディがかかっており、切り株はバームクーヘン、うろの中には色とりどりの琥珀糖《こはくとう》が隠されている。さらさらと梢で鳴る葉はパイだろうか？

木から続く門扉ははかなげな飴細工でできていて、蒼矢が近づくと迎え入れるように開いた。

「ほんとにほんとにほんとのマジでおかしのいえだ……！」

家に続く白い石畳は木の実のヌガー。脇に花が咲いている……と思ってよく見ると、バラの花びらやすみれの砂糖漬けを乗せた色とりどりのクリームが、小さな薄いラングドシャに包まれていた。

ひとつつまむと、ほっぺたが落っこちそうに甘いのに、きちんと花の香りがする。

こちらの背の低い花は練り切りの餡で出来ていた。桃色はバラ、黄色はキンモクセイ、青は露草、紫色のは藤の花……形も香りも本物そっくりだった。

ぶーんと羽音を立ててホバリングする蜂《はち》や、ひらひらと舞う蝶もお菓子でできている。

「……！　……！　……！」

蒼矢は玄輝《げんき》のように感嘆符《かんたんふ》を並べた。

あちこちから花や果実が香って、食べて、食べて、と蒼矢を誘う。

「ふあー！」

庭でオレンジジュースを吹き上げている噴水に駆け寄ると、オレンジや赤、青や緑の丸いゼリーが沈んでいた。その間を苺のからだの赤い金魚が泳いでいる。

「なにこれ、すっごい！　こんなん、おうちにつくまえに、おなかいっぱいになっちゃうじゃん、ダメじゃん！」

そう目的はやっぱり本丸、お菓子の家。

蒼矢は駆け出すとお菓子の家の壁にどーんと体当たりをかました。

「おー、やっぱりビスケット、クリームでくっついているんだ」

端っこを削って食べてみる。サクサクッと口の中に甘い味が広がった。そして驚いたことに、削った部分は盛り上がって修復されてしまう。

「すっげー！　ひとりでに、なおるんだ！」

蒼矢は直接口をつけてみた。かじりとった歯型のあとが、見る間になくなってしまう。

「おもしろーい！」

叫んだあと、はっと口を手で覆う。そうだ、この家には怖い魔女がいるのだ。捕まったら檻《おり》にいれられて、太った頃にお鍋で煮られてしまう。

ガサリ、と背後で音がした。蒼矢は息を呑み、そっと振り向くと……。

「あ、れ？」

そこには大人くらいの大きさの人型をしたクッキーが立っていた。

「なんだっけ……じんじゃーまんくっきー……だっけ」

前に高畠さんが作ってきてくれた、頭と手足を持った硬いクッキーだ。

ジンジャーマンクッキーの胸には、チョコレートでアルファベットが書かれていたが、蒼矢にはまだ読めない。

ジンジャーマンクッキーが無言で近づいてきた。カサリ、カサリと足が草を踏みしだく。

ジンジャーマンクッキーの目と口は白いチョコレートで描いてある。丸い目とU型の口。

「たべていいの？」

すぐ目の前に立たれると暗く影になる。

「あの、おれ、……かたいのはすきじゃないの……」

蒼矢はおずおずと言った。

ジンジャーマンクッキーが両手を上げた。ぐぐっとその腰が曲がって上半身ごと蒼矢のからだの上にかぶさってくる。

「わあっ！」

ばこんと音がして、ジンジャーマンクッキーの両腕が壁にめりこんだ。ビスケットを崩しながら手を引き抜くと、開いた穴がすぐさま修復されていった。

「なんなの――？」

ジンジャーマンクッキーが再び蒼矢の方へからだを向けて両腕を突き出してくる。蒼矢は壁に沿って裏へ回ろうとした。だが、

「もういっこ、ちがう、にこいたー！」

裏の方から同じ形をしたジンジャーマンクッキーが二体、からだを揺らしながらやってきた。チョコレートで描かれている顔も同じ、違うのは胸のアルファベットだけだった。

三体のジンジャーマンクッキーはゆらゆらと蒼矢に向かってきた。

(魔女サマ　命令)

そのうち一体の念話というよりは音のようなものが蒼矢の頭の中に流れ込んでくる。

(魔女サマ　命令)

(誰モ　イレルナ)

(チカヨルナ)

三体のクッキーに囲まれ、蒼矢は逃げ場を求めて上を見た。

「やだ、やだ、くるなー！　ばかーっ！」

蒼矢は叫ぶと青龍に変身し、唯一ふさがれていない上空へ飛び上がった。ジンジャーマンクッキーたちが首を曲げて空を見る。

「なんなの、もーっ」

蒼矢はウエハースの屋根の上にとぐろを巻いて降りると、短い足でじたばたと踏みならした。

ジンジャーマンクッキーたちはしばらくこちらを見ていたが、やがてのろのろと庭の中に散っていった。

見ていると木の幹や塀に背をあずけて腰を下ろす。さっきはいるのも気づかなかった。

(あんなのがいたらおかしのいえがたべられないじゃん！)

蒼矢は屋根の上をうろうろ歩く。

(まじょのめいれいってゆってた！　どっかにまじょがいるのかな？)

蒼矢は再び空中に飛び上がると、四方に目を向け、魔女を捜そうとした。だが深い森の木の下が見えるわけがない。

(あれ？)

ちらっと緑の木のあいだに赤いものがみえた。

(まじょかな!?)

蒼矢は尾を振ると、一瞬見えた赤いものの方へ飛んでみた。

(たしか、このへん……)

木の間を身をくねらせて進んでいくと、さっき見た赤いものを見つけることができた。

それは女の子のスカートだった。

緑色のベストを来た男の子と一緒に二人で歩いている。二人とも蒼矢よりは少し年が上のようだった。

（ヘンゼルとグレーテルだ！）

どうしよう、と蒼矢は木々の間から、子供たちと自分が今来た方を交互に見た。

このままでは子供たちはお菓子の家に到着してしまう。あそこには危険なジンジャーマンクッキーがいるのに。

二人が捕まってしまう。絵本では無事逃げられたけど、今はあの家にジンジャーマンクッキーがいる。絵本とは違う。

もしかしたら逃げられず、魔女に食べられてしまうかもしれない。

（そんなの、だめだ！）

蒼矢は急いで子供たちのもとへ飛んだ。梢をすり抜け葉を散らして猛スピードで子供たちの前に着陸した。

「うわあっ！」

子供たちはいきなり目の前に現れた青い龍に、抱き合って悲鳴をあげた。

「食べないで！　食べないで！」

怯えて叫ぶ子供に、蒼矢はあわてて人間の姿に戻った。

「たべないよ！　おれ、そうや！」

男の子の方が妹を背中に庇《かば》い、蒼矢の前に立ちはだかった。

「おまえ、なんだ!?　魔物か！」

「まものじゃないよ！　おれ、せーぎのヒーロー！」

蒼矢は森の奥を指さした。

「むこうにおかしのいえがあるの。でもいっちゃだめ！　くっきーのおっきいのがいるの。つかまったらまじょにたべられちゃう！」

「お菓子の家？」

男の子はぱっと明るい顔になった。

「ほんとにあるんだ！　森の中にお菓子の家があるって昔から伝わってきていた！　僕たちそれを探しに来たんだよ！」

「でもいっちゃだめ、あぶないから」

「……行くしかないんだ。僕たち、家には戻れないもの」

男の子の顔が今までの明るさとは違う、悲しげな表情になった。

「え、どうして……」

「僕たち、森に捨てられたんだ。家が貧しくて……森の奥にお菓子の家があるから、そこで幸せにおなりって父さんや母さんに捨てられた」

兄の言葉に妹がうつむいて涙を零す。

「だからなにがあってもお菓子の家に行くんだ。行かなくちゃ」

男の子は女の子の頭を撫でた。男の子も泣きそうな顔をしていたが、ぎゅっと唇を噛んで耐えている。きっとお兄ちゃんだからだ、と蒼矢は思った。

「どうしてもいくの？」

「どうしても行く」

「そっか」

蒼矢はうなずいた。

「だったらおれもいく。みんなでジンジャーマンのクッキーやっつけよう」

蒼矢は男の子に手を差し出した。男の子は少しためらったが、妹が先に蒼矢の手をとった。

「お兄ちゃんを守って、ソウヤ」

女の子の目はきれいな緑色だった。白くて小さな顔は金色の巻き毛に縁どられている。まるでケーキの上に乗っている天使の人形のようにかわいらしい。

「うん、おれ、まもるよ」

蒼矢の言葉に女の子が笑う。こんなにかわいく笑ってくれるならジンジャーマンクッキーをいくつだってやっつけられる、と蒼矢は思った。

「僕はオスカ」

男の子が手を差し出して言った。

「九歳になる。この子は妹のメリウエザー。七歳だ」

「ヘンゼルとグレーテルじゃないの？」

蒼矢の言葉にオスカは首をかしげて考える顔をした。

「その名前は聞いたことがあるな。最初にお菓子の家を発見した人だよ」

「えー……？」

この二人はヘンゼルとグレーテルじゃない。童話の登場人物じゃないのに、同じように森に捨てられることがあるなんて。あれはお話の中のことだけじゃなかったのか。

お話の中のことならどんなにつらいことも怖いことも我慢できるし、いやなら本を閉じればいい。でも、本当にあることもあるんだ……。

蒼矢は服の胸のあたりをぎゅっと握った。

だったらなおさら二人を守らなくっちゃ！　もう、悲しい目にも、怖い目にも遭わせない。蒼矢は正義のヒーローだから！

蒼矢はもう一度兄妹の手を力強く握った。

いくつもの茂みをくぐり、潜り、かきわけて、ようやく開かれた場所へでる。そこにはお菓子の家が甘い匂いを放ちながら建っていた。

「お菓子の家だ！」

オスカが目を輝かせる。メリウエザーも大喜びだ。

駆け出そうとする二人を蒼矢はあわてて止めた。

「だめ、ジンジャーマンクッキーがいる。そっといかないと」

「わかった」

三人は足音を忍ばせて、静かに家に近づいた。さっきは気づかなかったけれど、家の周囲が白いのは粉砂糖が撒いてあるからだった。

蒼矢は警戒を解かなかった。ジンジャーマンクッキーはこんがり焼けたプレッツェルの木陰に、ふわふわなカステラの壁際に、手足を投げ出して座っている。もう一体いたはずだが、蒼矢からは見えない。

「おいしそう……」

メリウエザーが耐えきれないように呟く。

手を伸ばせばすぐそこにある壁は、バターの、バニラの、ミルクの甘い香りをまとったビスケットだ。

オスカはのどを鳴らして隙間にひとさし指を入れ、音をたてないよう慎重に小さな三角をはがしとった。メリウエザーが見守る中、確かな重量を隠すように口の中に頬張る。さくさくと食むごとにバターとレモンのさわやかさが口に広がって、いくら食べても食べ飽きない。

オスカは目を丸くして蒼矢を振り返った。声を出さずにおいしい驚きを伝え、うらやましそうに見上げる妹のためにビスケットをはがしてやる。

「メリウエザーも食べてごらん」

秘密を打ち明けるように兄からビスケットを渡され、メリウエザーは夢中で口に押し込んだ。

「！」

かわいらしい指の隙間から悲鳴のような吐息が漏れた。彼女も目をまんまるにして蒼矢を見る。蒼矢はくすぐったいような、誇らしい気持ちになった。

すごいよね！　ほんとうにほんとうのお菓子の家！

三人はジンジャーマンクッキーの死角になるように道を選び、アイスクリームの池に行きついた。

飛び石のように埋まった焼きリンゴからは、とろりあつあつとした香りが立ちのぼっている。芯にたまった蜜にはシナモンのスプーンが突き立っていて、アイスクリームと一緒に食べるとたまらない。

羽根のように薄い水あめのチュイールをはがし、色とりどりの花を摘まみ、テーブルの形をしたポピーシードケーキをかじると口の中でプチプチする。

それから、メープルシロップに浮かぶ船のようなカリカリしっとりのドーナツ、フロランタンの階段、八角形の塔になったヘーゼルナッツのはちみつパイ。

ほら、頭上にある小さな街燈では柑橘《かんきつ》のお酒を吸ったお砂糖が燃えている……。

「ソウヤ、すごいわ、おいしいわ」

「だろ？　すごいよな！」

メリウエザーに微笑みかけられ、蒼矢は自分が作ったわけでもないのに、にっこりした。二人が嬉しそうなのが嬉しかった。さっき自分一人で食べていたときより楽しい。

やっぱりお菓子はみんなで食べるのがいいよね。

庭の周りにベンチのようにおいてあるマフィン、生クリームがたっぷりかかって苺が乗っかっている。

蒼矢はジンジャーマンクッキーのことも忘れてそれに飛びついた。

顔ほどもある巨大な苺に歯を立てたとき、ふっと影が落ちた。

（しまった！）

庭のジンジャーマンクッキーから目を離してしまった。振り向くとそれが立っている。

さっきと同じように無表情に。

「きゃあっ」とメリウエザーの悲鳴があがった。声のした方を見るとジンジャーマンクッキーが彼女の金髪を引っ張っている。

「めりざーをはなせ！」

蒼矢は龍に変身すると、地面を尾で蹴って飛び上がった。砂糖が辺りにまき散らされる。ジンジャーマンクッキーの胴体に頭からぶつかると、さすがに巨体もよろけ、メリウエザーの髪から手が離れた。メリウエザーは泣きながらオスカにしがみつく。

蒼矢はジンジャーマンクッキーのからだに巻き付き、二人から引き離そうとした。だが薄いクッキーのからだなのに案外と重い。

「ソウヤ！　後ろ！」

オスカが叫んだ。振り返るともう一体のジンジャーマンクッキーがソウヤを捕まえようと両手を振り上げている。ソウヤはあわててジンジャーマンクッキーから離れた。

「えいっ！」

オスカが庭を飾っている煉瓦の形のチョコレートを投げつける。メリウエザーも足下の小石――金平糖《こんぺいとう》を投げた。

蒼矢は空中で身をひねって方向転換をすると、オスカたちの元へ舞い降りた。

「あいつら、まじょのめいれいでおうちをまもってるんだ！」

「じゃあ、やっつけないとこの家は僕たちのものにならないんだね」

「でもどうやって……」

ジンジャーマンクッキーが三体、ゆらゆらとからだを揺らしながら近づいてくる。

蒼矢は植物を探した。木の性を持つ青龍は、草木があればそれを操って相手を足止めできる。

だが、家の周辺は草がすっかり刈り取られ、すべてお菓子でできた偽物だ。

「あのジンジャーマンクッキー、胸になにか書いてあるわ」

メリウエザーが言った。

「名前みたい」

「なまえ、よめる？」

「うん……」

メリウエザーは目を細めた。

「バーディ……」

その名を呼んだとたん、一体のジンジャーマンクッキーが動きを止めた。なにかを探すように顔を左右に振る。

「あいつ、とまった！」

「アーディ！　カーディ！」

メリウエザーが名前を呼ぶたび、ジンジャーマンクッキーの動きが止まる。

（魔女サマ）

（魔女サマ、ゴ命令ヲ）

蒼矢の頭にジンジャーマンクッキーの声が聞こえた。

「めりざー、あいつらにゆって！　そこでとまってうごくなって！」

「バーディ、アーディ、カーディ！　そのまま動かないで！」

メリウエザーがそう叫ぶと、ジンジャーマンクッキーはぴたりと動きを止めた。

「やった！」

オスカが妹の肩をたたく。メリウエザーはほっとした顔で兄とソウヤを見上げた。

「……よかった。言うこと聞いてくれて」

すっかりただのお菓子のようになったジンジャーマンクッキーの横を通り、三人はお菓子の家のドアを開けた。

中は外と違ってふつうの木の家になっている。小さな台所に暖炉、座り心地の良さそうな椅子に丸いテーブル。

「奥に部屋がある」

オスカが指さした。家の中は明るい色彩で塗られているのに、その扉は真っ黒だった。

「まじょのへやかも」

蒼矢が言うとオスカもうなずいた。

「待ってて」

オスカは忍び足でドアに近づき、注意深くそれを押し開けた。からだを半分ドアの中にいれ、それから残りの半分をいれる。

「……うわっ」

小さな悲鳴が聞こえた。蒼矢とメリウエザーが駆け寄ると、ドアにたどり着く前にオスカが出てきた。真っ青な顔をしている。

「入らない方がいい」

「なにがあったの？」

オスカは首を横に振った。

「魔女がいた」

「えっ!?」

「でも死んでる……」

「しんでる？」

「死んでもうずいぶん経ったみたい。骸骨《がいこつ》になっていた」

蒼矢はメリウエザーと顔を見合わせた。

「じゃあ、あのジンジャーマンクッキーたちは……それをしらないの？」

「たぶん。最後の命令を守ってずっと家にだれも近づかないようにしていたんだ」

「そっか」

　窓ガラスの向こうに突っ立っている三体のジンジャーマンクッキー。魔女の言うままに誰もいない家を守っていたのだ。

「かわいそう……」

　メリウエザーが呟いた。

「どうするの？　オスカ」

「魔女も死んでしまったらただの躯《むくろ》だ。穴を掘って埋めてあげよう」

　オスカとメリウエザーはジンジャーマンクッキーに命じて魔女の遺体を布でくるみ、森の中に穴を掘ってそこへ埋めた。

　ジンジャーマンクッキーは自分たちの主人と知ってか知らずか、黙々と作業した。

　魔女の墓は丸く土を盛って白い石を置く。オスカとメリウエザーは魔女のために祈り、お菓子の家を与えてくれた感謝を捧げた。

「これからどうするの？」

　蒼矢が聞くと、オスカは暗い森を見つめた。

「森の向こうから、僕たちのように親に捨てられた子供がこれからもくるだろう。だから僕とメリウエザーはそんな子供たちをこの家に迎えようと思う」

　オスカはメリウエザーの手を握った。

「森の向こうはつらいことばかりだ。ここへ来て、少しの間でもお菓子を食べて幸せになってほしい。僕たちは次の子供たちがきたら家を譲って旅にでるよ。その次もその次も……そうやって子供たちが助かるといい」

オスカは妹を見つめた。

「いいかい？　メリウエザー」

「もちろんよ、お兄ちゃん。あたしはいつだってお兄ちゃんの味方」

メリウエザーは蒼矢の方を向いた。

「ありがとう、ソウヤ。あなたは本当に正義のヒーローだったわ」

「ええー、おれ……そうかな……」

蒼矢は照れくさくなってくねくねと身をよじった。

「ソウヤはこれからどうするんだい？」

「おれ……」

どうしよう、とはたと蒼矢は考える。お菓子の家にいきたいと考えていたらいつのまにか来てしまったのだ。ちゃんと帰ることができるだろうか？

「もし、行くところがなければ一緒に住むかい？」

「うーん、おれぇ……」

腕を組んで考える蒼矢の耳に、どこか遠いところから呼ぶ声が聞こえた。

（蒼矢……蒼矢……）

「あ、」

あれは梓の声だ。梓が自分を呼ぶ声だ。

「おれ、だいじょーぶ。あじゅさがよんでるから、かえれる」

「そうか。ソウヤには待ってる人がいるんだね」

オスカとメリウエザーの顔にかすかにうらやましげな色が浮かぶ。蒼矢はうなずくと、再び青龍に変身した。

（じゃあ、おれ、いくね）

「さようなら、ソウヤ」

「さようなら、元気でね」

蒼矢は飛び上がった。

下を見ると白い地面の上にお菓子の家と二人の子供と三体のジンジャーマンが立っている。

それはまるでデコレーションケーキの飾りのようにも見えた。飾りと違うのはみんなが大きく手を振っているところだった。

（蒼矢……）

空の上から梓の声が聞こえる。

（うん、いま、かえるよ）

蒼矢は答えて青い空の上へ上へと進んでいった。


揺り動かされて蒼矢は目を覚ました。少し日の陰った縁側で、蒼矢は仰向けになっていた。

「蒼矢……蒼矢」

「蒼矢、寒くなってきた。お部屋に入ろう」

梓が蒼矢のそばに膝をついてのぞき込んでいる。

「あじゅさ……」

蒼矢は手を伸ばして梓の首にしがみついた。

「どうしたの？　蒼矢」

「……なんでもないの」

蒼矢は額をぐりぐりと梓の肩に押しつける。

本当は聞いてみたかった。梓は子供を捨てることがあるの？　と。

でも聞かなくても答えはわかっている。梓は決してそんなことはしない。

お菓子の家にやってくるかわいそうな子供たち。

美味しいお菓子を食べて幸せになれるだろうか？　そこから旅立って幸せを見つけることができるだろうか？

オスカとメリウエザー、それからたくさんの森の子供たち。

森に捨てられる子供がいなくなればいいのに。

そんなことを言いたかったが、蒼矢にはまだそれを伝える言葉がない。だから。

「おれ、あじゅさ、だいすき」

そう言った。梓は蒼矢の背中に手を回し、ぎゅっと抱きしめてくれる。

「梓も蒼矢が大好きだよ」

「……しってる」

蒼矢は暗い森にはいかない。お菓子の家にももういかない。

光差す縁側、梓の腕の中。そこが蒼矢の居場所だから。

＊朱陽と大きなつづら

最近の朱陽《あけび》のお気に入りのお話は『したきりすずめ』だ。

今日も朱陽にねだられて、梓《あずさ》は『したきりすずめ』の絵本を読む。

優しいおじいさんとけちんぼうなおばあさん。おじいさんがかわいがっていた雀《すずめ》が、お米でできたのりを食べてしまったので、怒ったおばあさんが雀の舌を切ってしまう。

逃げた雀をおじいさんが探しに行くと、雀のお宿があって、そこでおじいさんは雀たちに歓迎される。

帰るとき、おじいさんはおみやげに大きなつづらと小さなつづらを示されて、小さなつづらを選んで帰る。

すると、家で開けたつづらには金銀小判が入っていておじいさんはびっくり仰天《ぎょうてん》。

それを見たおばあさんは激怒する。なぜ大きなつづらを持ってこなかったのかと。

そこでおばあさんは自分も雀のお宿に行く、けれども当然おじいさんのときと違って雀たちに歓迎はされない。それでも帰りにはつづらを選ばせてもらうことができる。

欲張りおばあさんはもちろん大きなつづらを持って帰るが、道の途中でつづらを開けてみると――。

「どっかーん！」

朱陽は大きな声を出した。

「ちゅぢゅらのなかにはおばけちゃんがいましたー！」

何度も聞いてもう覚えている朱陽は、そこから勝手に話を作り出す。

「おばけちゃんはーおっきくなってーわあっておばあさんをおろろかしましたー！」

もちろん、優しいおじいさんが雀のお宿でおいしいごちそうを食べるところも大好きだが、最後にお化けが出てくるところにカタストロフィを感じるのか、わくわくしながらお話の終わりを待っている。

「あー、あーちゃんもおばけちゃんにあいたいー」

朱陽はつづらからたくさんのお化けが飛び出しているページを開いて言った。ひとつ目入道に鬼にろくろ首にからかさ小僧《こぞう》……子供向けだからお化けの姿もユーモラスだ。

「ほんとにお化けに会ったら怖いかもしれないよ？」

梓が笑って言うと朱陽は真剣な顔になった。

「ほんとにほんとはこわいのかな」

「ほんとにほんとは怖いんじゃないかな」

「うー……」

朱陽はからだをぶるぶると震わせる。だがそれは怖さではなく期待からだ。

「おばけちゃん、あいたーい！」


その日、朱陽はひとり、庭で遊んでいた。家の中には梓もほかの子供たちもいる。

顔を上げると玄輝《げんき》が縁側で寝ているのが見えた。

ときどきこうやって家の中にみんながいるのを確認して、また手に持つシャベルで土を掘り始める。

朱陽がやっているのは草の植え替えだ。あっちの草をこっちに持ってきたり、こっちの草を向こうに移動させる。

大人の目には無駄《むだ》なことをしているように見えるが、朱陽にとっては一大事業だった。

「あ、すずめちゃんだ」

庭の地面の上に、雀が一羽、舞い降りてきた。ちょいちょいと二本足で飛び跳ね、地面の上をつつく。

「すずめちゃん、すずめちゃん。すずめのおやどはどこですか」

朱陽は歌うように言った。

「あーちゃん、おやどにいきたいの」

雀はちらっと朱陽を見上げる。だがすぐにちょいちょいと跳ねて植え込みのツツジの茂みに隠れてしまった。

「すずめちゃん、かくれんぼ？」

朱陽は泥のついたシャベルを放り出し、地面にひざを突いてツツジの下を見た。するとずっと向こうまで背の低い茂みのトンネルが続いている。

「あれえ？」

朱陽は顔を上げた。ツツジの向こうはさざんかの木が立っていて、その向こうは塀になっている。

「あれえ？」

もう一度ツツジの下を覗くと、やはりずっと茂みのトンネル。

「おもしろーい」

朱陽は地面に手と膝をつき、ツツジの下に潜ってみた。頭をいれるとそこは意外と広くなっていて、楽にくぐれる。見上げると葉っぱの屋根だ。

朱陽の目の前には雀が待っていた。ちょんちょんと跳ねて前に進む。

「まってえ」

朱陽は雀を追いかけた。最初は手と膝を使って這いながら、次は手をあげて膝を曲げて、最後は立ち上がって追いかけた。

「すずめちゃん、すずめちゃん、すずめのおやどはどこですかー」

雀は翼を使って飛び上がった。朱陽はそれを追いかける。

「わあ！」

目の前に竹林が広がった。一面の緑、背の高い竹の群がさわさわと揺れている。

「おやどだ！」

その竹の奥に、藁葺《わらぶ》きの家があった。家の前には着物を着た雀たちが立っている。

「すずめのおやどだあ」

雀たちは宿に着いた朱陽を取り囲んだ。

「ようこそ、ようこそ」

「朱陽さま、ようこそ」

名前を呼ばれて朱陽は驚いた。

「あーちゃんのこと、しってんのー？」

「もちろんですよ、四獣《しじゅう》の子」

「我ら鳥の神、朱雀《すざく》の子」

着物を着た雀たちは、朱陽の手を引いて家の中に連れて行ってくれた。

そこは見渡す限りの畳の間で、たくさんの雀たちが待っていた。真ん中にはお膳《ぜん》がずらりと並んでいる。

「さあさあ、どうぞ」

「召し上がれ、飲みなされ」

「雀の舞をごろうじろ」

朱陽は五つも重ねた座布団に座らせてもらい、朱塗りのお膳を捧げもたれた。

「わあ！」

お膳の上には朱陽の大好きなものが乗っていた。

シュークリームにソフトクリーム、棒つきのアイスキャンデー。それにプリンにゼリーに白玉あずき。ショートケーキまである。

「これ、たべてもいいの？」

「どうぞどうぞ」

「朱陽さまのために用意しました」

「わあい！」

さっそく手を伸ばそうとしたが、朱陽ははっと我に返った。梓の言葉を思い出したのだ。

――いいかい、朱陽。知らない人からなんでももらっちゃだめだよ。ちゃんと梓や翡翠《ひすい》さんや紅玉《こうぎょく》さんに言ってからだよ。

「ううー」

朱陽は伸ばした手を引っ込めた。

「どうなされた、朱陽さま」

花柄の着物を着た雀が顔を覗き込む。

「んとねえ、あーちゃんねえ、あじゅさにゆってからじゃないとだめなの」

「朱陽さま、ここのものは全部、朱陽さまのものですよ？」

「あいがとー。でもねー、あじゅさとやくそくしたからねー」

朱陽はシュークリームをちょんとつつく。

「あじゅさがいいってゆったらたべるからねー、とっといてー」

それを聞いて雀たちは相談を始めた。ちゅんちゅくちゅんちゅん……やがてさっきの花柄の着物の雀が前に出てくる。

「わかりました。お約束なら仕方ありません。一度おうちに戻って梓さんに聞いてきてくださいませ」

「うん、そーするー」

朱陽は五枚重ねの座布団から飛び降りた。

「朱陽さま。お帰りのさいはおみやげをもっていってくださいな」

「おみやげ!?」

朱陽はぱっと顔を輝かせた。

「それって――」

雀たちが畳の部屋の襖をスタリと開けると、そこには大きなつづらと小さなつづらが置いてあった。

小さなつづらは朱陽が両手で持てるくらい。大きなつづらは家の冷蔵庫くらいあった。

「わあ……！」

朱陽は鼻の穴を膨らませ、期待に満ちた目でその二つのおみやげを見た。

「さあ、どちらになさいますか？」

「おっきいの！」

朱陽は迷わずに答えた。それを聞いた雀たちはにわかにざわついた。

「いえいえ、朱陽さま。大きなつづらは重いですよ」

「そうですよ、とても女の子が一人で持って帰れません」

「小さなつづらの方がいいものがはいってますよー」

だが朱陽は首を横に振る。

「あーちゃん、おっきなつづらがいい！　だいじょーぶ、なかになにがはいってるかー、しってんの！」

「ええー……」

雀たちは困った様子で顔を見合わせた。そのあと集まってこそこそと相談する。

「大きなつづらにはあれが……」

「でも知ってるって言うし……」

「言われたものを渡すのがセオリーで……」

「コンセンサスを得るというのがプライオリティ……」

ずいぶん揉めたようだったが、最終的には朱陽は大きなつづらを手に入れた。

「ええっと、本当に重いので気をつけてくださいね」

雀が二羽がかりで大きなつづらを朱陽の背中に乗せる。朱陽は紐に腕を通して「よいしょ」っと持ち上げた。

「大丈夫ですか？」

「だいじょーぶ！」

見た目に反して案外軽い。朱陽は心配そうな雀たちにVサインを出して見せた。

「あいがとー！　じゃあねー！」

朱陽は大きな声で挨拶すると、意気揚々とつづらを担いで帰途《きと》についた。

「お気をつけてー」

「重くなったらつづらを捨ててもいいですからねー」

雀たちは心配そうに声をかけてくれたが、朱陽はぶんぶん手を振って、元気よく歩き出した。

「すっずめ、すっずめ、すずめのおやどはどこですかー」

でたらめな歌を唄いながら竹林を進むと、だんだん明るくなってきた。やがて眩しい日差しが目に入り、それを避けるために一瞬目を閉じて再び開けたとき。

「あっ、おにわだー」

いつの間にか、おうちの庭に戻っている。放り出したシャベルはそのままだし、縁側ではあいかわらず玄輝が転がっていた。

「ただいまー」

朱陽は叫んで家に入ろうとしたが、そのとたん、背中のつづらが重くなった。

「あ、そーか」

つづらが重くなるのはちゃんと絵本に書いてある。これでよくばりおばあさんを疲れさせ、つづらを下ろすシーンとなる。

「よっこいしょ」

朱陽は地面にしゃがんでつづらを下ろした。

「つづらのなかみはなんじゃろな」

絵本と同じセリフを言って、朱陽はつづらの紐に手をかける。すると、紐がひとりでにするするとほどけ始めた。

「……うー」

朱陽は口元に手をやり、わくわくとつづらの上部を見上げた。期待に足がばたばたと跳ねる。紐が完全にほどけ、ふたがごとりと動いた。

「うわあ――っ！」

いきおいよく撥ね退けられたふたの下から、絵本と同じように、たくさんのお化けが飛び出してきた。

「きゃああっ！」

朱陽は飛び上がって喜んだ。パチパチと拍手をした。

「よくぶかばあさんはどこだあ！」

お化けたちは大きな口を開け、大きな目をぎょろぎょろと動かし、長い爪で空気をかきむしって、鋭い牙をかちかちと鳴らしてみせた。

絵本に描いてあったものよりはかなり恐ろしい姿だった。

「おばけちゃんだ！　おばけちゃんだ！」

朱陽は小さな両手を振る。

「こにちはー、あーちゃんよ！　おばけちゃん、あいたかったー！」

地面の上でぴょんぴょん飛び跳ねる朱陽にお化けたちはとまどって、互いの顔を見合わせた。

「ええっと、よくばりでいじわるなお婆さんは……？」

「いないのー。あーちゃん、おばけちゃんたちにあいたかったのよ。ようこそいらっしゃいましたー！」

「え、それはちょっと……」

お化けたちはうろたえた様子で周りを見回した。

「わしらはよくばりものをこらしめるためにいるわけで、そのぅ……歓迎されるわけには」

「おばけちゃん、おうちでいっしょにおやつたべよう！」

朱陽が一番手前のお化けの手を引っ張った時、

「なんだ、きさまら！」

廊下で翡翠が大声をあげた。

「怪しい奴らめ！　朱陽になにをするのだ！」

「あーちゃん、逃げて！」

紅玉も手の上に火の玉を作っている。

「あ、だめ！　ひーちゃん、こーちゃん！」

朱陽は廊下にいる翡翠と紅玉に駆け寄ろうとした。だが、どうしたわけか、足が動かない。

「化物め！　我々が退治してくれる！」

翡翠と紅玉が廊下からお化けに向かって水と火を放った。

「だめー！　ひーちゃん、こーちゃん！　おばけちゃん、おきゃくさまなのよー！」

朱陽は必死に二人の精霊に訴えかける。せっかく来てくれたお化けたちなのに、ひどいことしないで！

「だめよー！　おばけちゃん、いじめちゃだめよー！」

大きな声で叫んで朱陽は飛び起きた。

「……あれえ？」

そこは縁側だ。さっきまで玄輝が寝ていたところ。

朱陽は首をかしげて庭を見た。庭に置いたはずの大きなつづらもお化けもいない。

「朱陽、お昼寝から目が覚めたの？」

梓が居間の方から出てきて声をかけた。朱陽は梓の顔と庭を交互に見た。

「あじゅさ、あーちゃん……すずめのおやどにいったのよ……」

「へえ？」

「おかしもあいすもたくさんあったけど、あーちゃん、あじゅさにゆってからたべるっておいてきたの」

「それは偉かったねえ」

「そんで、……かえりにおっきいつづらをもらったのよ」

「そっかあ」

梓は朱陽の横に座って、そのからだを膝の上に乗せた。

「大きなつづらには何が入ってたの？」

「おばけちゃんよ。おばけちゃんがたくさんはいってたの。おうちにどーじょってゆったんだけど……」

朱陽は縁側から空を見上げた。その顔が明るくなる。

「あ、おばけちゃん、あそこにいるよ！」

梓は朱陽の指さす方を見た。青い空に白い綿雲がいくつも浮かんでいる。

朱陽にはお化けに見えているのだろうか。

「おばけちゃーん！　またきてねー！」

朱陽は空に向かって大きく手を振る。

お化けの形をした雲は、ゆっくりと空の向こうへ消えていった。

＊白花と人魚姫

白花《しらはな》の持っている『人魚姫』の絵本は、他の絵本とちょっと違う。

アンデルセンの書いたお話は、最後に人魚が海の泡になって空に消えていくのだが、白花の絵本では東から来た漁師の青年と一緒に海に帰っていくのだ。

そして幸せに暮らしました——。

そんな物語になっている。絵も、二人が寄り添っている姿が描かれている。

白花はこのお話が大好きだ。

「にんぎょひめちゃん……タローさん……どうしてるかな……」

白花は絵本をめくった。ふわりと潮《しお》の香りがする。

「あれ？」

絵本に描かれた波が揺れて、遠い潮騒が聴こえた。

「あれれー？」

ざばり、と本の中から波が立ち上がる。それが白花を覆ったかと思うと、白花は海の底にいた。

（白花ちゃん！）

目の前に人魚姫が立っている。

波に揺れる長い髪、透明なくらげのようなドレス、両足は膝から下に青いヒレがついていて、ちゃんと人魚の姿だ。

（人魚姫ちゃん？）

海の中にいるのに呼吸ができる。よく見ると自分のからだが大きな泡で包まれていることに、白花は気づいた。

（よかった、来てくれたのね）

人魚姫は目からぽろぽろと涙を零した。それは海の水に溶けず、真珠になって落ちてゆく。

（わたし、ずっと祈っていたの、白花ちゃんに会いたくて）

（しらぁなも人魚姫ちゃんに会いたかったよ）

海の中では声が使えないので、白花と人魚姫は念話で話した。

（お願い、白花ちゃん。太郎《たろう》さんを助けて）

（タローさん、どうしたの？）

人魚姫は自分の横にある大きな巻貝を白花に見せた。その中には赤ちゃんが眠っている。

かわいらしい顔なのに、ひどく青ざめて苦しそうに眉を寄せていた。

（わたしと太郎さんの子なの）

（赤ちゃん……どうしたの？）

（病気なの……）

人魚姫は悲し気な顔で赤ん坊の頭を撫でた。

（太郎さんがお薬になる薬草を取りに陸へいったの。でも、太郎さんはもう海の人だから、長い間陸にいることはできないの……なのに、まだ戻ってこなくて……。あと二時間もしたら陸で空気に溺れてしまう）

（二時間……）

その時間はわかる。本木《もとき》貴志《たかし》の主演ドラマ「ふたつの顔の刑事《デカ》」と同じ時間だ。

（わかった。しらぁな、タローさん探しにいく）

（ああ、ありがとう！　白花ちゃん）

白花は人魚姫に連れられて、太郎が上陸したという島へ向かった。

海の上にぽつんとひとつだけある島は、大きなくじらのような形をしている。

砂浜からすぐに洞窟があるところも、くじらの口のようだった。

（白花ちゃん、これを）

人魚姫は大きなさざえを白花に渡した。丸いふたがしっかりとその口を覆っている。

（これは、乙姫さまからいただいた『いのちの海の水』です。もし時間に間にあわなくて太郎さんが空気に溺れていたらこれを飲ませてください。時間がもう少し延びます）

（わかった。背中にしょってく）

白花が言うと、人魚姫は自分の服の帯を使ってさざえを白花の背中にくくりつけた。

（大丈夫？　重くない？）

（平気……）

そう言いかけてから白花はいつも朱陽が言っている言葉を思い出した。朱陽のその言葉はみんなを安心させ笑顔にする。

白花は朱陽のように大きく笑って親指を立てた。

（しーちゃんにおまかせ！　ちょーへいき！）

うまくできたかな。あーちゃんみたいに人魚姫ちゃん、安心させられたかな。

人魚姫は泣き笑いのような顔をして、白花に手を振る。白花もそれに応えて手を振ると、砂浜にあがった。

「いっくぞー！」

ぽっかりと口を開けている暗い洞窟。白花はころりと一回転して白虎《びゃっこ》になり、暗闇の中に突き進んだ。

洞窟の中はほとんど陽がささず真っ暗だった。だが、白虎になった白花は夜目がきく。わずかな光量でも洞窟の中がよく見えた。

洞窟は広く大きく太い道が一直線に貫いており、ところどころ細い道が右に左に現れる。だが、人が通ったあとの匂いはわかった。これも白虎の力だ。

(タローさーん！)

白花は念話で呼んでみたが、答えはない。洞窟には白虎の爪が地面を蹴る音だけがしていた。

四本の足でかなり駆けても太郎の姿は見えない。奥に行くにつれて天井が高くなり、大きな広間のようになった。

本当にこの場所で合っているのかと不安になりかけた頃、ようやく地面の上に倒れている浦島太郎を見つけた。

(タローさん！)

白花は太郎のそばに滑り込みながら人間の姿に戻った。前に会ったときは着物姿だった太郎だが、今はオレンジと紺色の丈夫なナイロン製の防水ジャケットを着ていた。

「タローさん……しっかりして……」

太郎は意識を失っているようだった。額から血が出ていたがそれはもう乾いている。

白花は背中からさざえの殻を下ろすと、ふたをあけて中の水を太郎に飲ませようとした。

「タローさん……おみず……」

口元に少し水を注ぐと、太郎は唇を動かして水を飲んだ。

「だいじょうぶ……？」

「……ああ、おぬしは」

太郎は上半身を起こすと「いたっ」と額に手を当てた。

「白花よ……。人魚姫ちゃんに呼ばれたの」

「そうか。助かった」

太郎は首をあげて上空を見上げた。土の壁が続いているが、わずかにでっぱりのある部分がある。

「あそこから落ちたんじゃ。娘の病に効く薬草があそこに生えているんじゃが」

「しーちゃんにおまかせ！」

白花はもう一度朱陽の真似をして言うと、前回りして白虎に変身した。

丈夫な四本の足を使って、壁を駆け上がる。あっという間に台座のようになっている上まで駆け上がった。

（これかな？）

台座の上に白っぽい草がいくつも生えている。白花はそれを口で引き抜き、再び駆けて地面に降りた。

「おお、これじゃ！」

太郎は白花から草を受け取ると、それを両手で持って額に押し当てた。

「ありがとう！　感謝する」

（早く戻ろう……人魚姫ちゃん、心配してる）

「わかった」

太郎は薬草をジャケットのポケットにいれた。よく見るとジャケットにはいくつもポケットがついている。ポケットがたくさんついている服がかっこいいと思っている白花は、立ち上がった太郎の姿に見とれた。

（タローさん、かっこいいね）

「そうか？　これはエリシア……嫁が選んでくれたんじゃ」

（人魚姫ちゃん……エリシアっていうの？）

「そうじゃ。娘はエミーじゃ。これからも仲良くしてくれ」

（うん……）

太郎は地面に落ちていた釣り竿も拾い上げた。こちらも前の竹竿とは違い、カーボンロッドの新しいものになっている。

「よし、帰ろう」

（道、暗いから先に走るね）

白花はそう伝えると先に立って駆け出した。白虎の白い毛皮は人の目にもよく見えることだろう。

走っているうちに、白花はなにかが岩肌をひっかくような音を聞いた。立ち止まって丸い耳を立てる。

「どうしたんじゃ」

（なにか……音が……）

首を巡らせ洞窟の天井を見上げる。その目に飛び込んできたのは長い脚を持った蜘蛛《くも》のような生き物だった。蜘蛛と違うのは大きさが大型犬ほどあるところと、足が四本しかないところだ。

（タローさん！　あぶないっ！）

白花の叫びと同時に、生き物が太郎に襲い掛かった。太郎の釣り竿がしなり、それを壁に叩き飛ばす。

バサァという音と、甲高い鳴き声が聞こえた。

「なんじゃ!?」

（なんか、わかんない！　怖い！）

ガサガサガサと細い脚が岩をひっかき、次々と蜘蛛のような生き物が現れる。その丸い胴体はガラスのように透明で、内部に小さな臓器が見える。

「たくさんいる！　とりあえず逃げるんじゃ！」

太郎は足がすくんで立ち尽くしている白花を抱え、駆け出した。

天井から壁からそれが湧きだし、飛びかかる、太郎の釣り竿が空気を裂いてそれらを叩き落とすが、きりがない。

（……っ）

白花は太郎に抱えられたまま、顔の前に雷球を作り出した。それを次々と蜘蛛型の生き物に放つ。

蜘蛛のような動物は光に触れるとあっさりとひっくり返るが、なんにせよ数が多い。このままではいずれ追い付かれてしまう。

「白花さん、あんた雷を操れるのか!?」

太郎が走りながら言った。

（うん、でもあまり役に立たない……）

「そんなことはない！　いいか？　わしがこの竿をやつらに投げる。雷を竿に落としてくれ！」

（わ、わかった。やってみる）

太郎はくるりと振り返ると手にしていた竿を蜘蛛の群れに放った。白花がその細い金属に電球を当てる。

バシンッと大きな音がして、電気を帯びた竿がひとかたまりになった蜘蛛の群れを弾き飛ばした。

「やった！」

太郎は再び走り出し、ようやく先に日の光が見えてきた。

「出口だ！」

砂浜に飛び出し、勢いのまま海に入る。

「白花さん、わしの背中に」

膝まで入ったところで太郎は勢いよく波の中に身を投じた。白虎のままの白花を背に乗せ、抜き手を切って泳ぎ始める。

白花は島を見つめた。蜘蛛のような群れは洞窟の入り口あたりで団子になり、こちらに向かって前脚を振り上げている。海の中までは追ってこれないようだ。

（よかった……）

安堵した時、急に乗っていた太郎の背中が沈んだので、白花はとっさに太郎の頭に爪を立ててしがみついてしまった。

「いたた……っ、すまん、白花さん」

見ると太郎の首に人魚姫のエリシアがしがみついている。太郎の無事な姿を見て、思わず抱きついてしまったのだろう。

「エリシア、大丈夫。大丈夫じゃ」

太郎は真珠の涙をこぼすエリシアの頭を撫で、なだめた。

「ちゃんと薬草もとってきた。白花さんに助けられたよ」

ようやくエリシアは顔をあげ、太郎の背中に白虎に変身した白花がいるのを見つけた。

驚いた顔をするエリシアに、白花は白虎からもとの姿に戻ってみせた。

(白花ちゃん……)

(人魚姫ちゃん……エリシアちゃん……。タローさんを見つけたよ!)

(ありがとう! ありがとう、白花ちゃん!)

エリシアは腕を伸ばし、太郎と一緒に白花を抱きしめた。


巻き貝の中の赤ん坊は今は顔色も戻り、安らかに眠っている。

唇をもぐもぐと動かし、何か夢を見ているようだ。

(エミーちゃん、かわいいね)

白花は後ろに立っていた太郎とエリシアに笑いかけた。

（本当にありがとう、白花ちゃん。怖い目に遭わせてごめんなさい）

エリシアは指を組んで感謝のまなざしで言った。蜘蛛のような生き物に襲われたことを言っているのだろう。

（ううん。しらぁなこそ……、タローさんの釣り竿、だめにしちゃって、ごめんなさい……）

（かまわんよ。おかげで助かったからの）

海の中にいる太郎は念話で答えてきた。

（エリシアちゃんまたよんでね）

白花が言うとエリシアは嬉しそうにうなずいた。

（こんどはお客様で来てね、白花ちゃん）

（うん、おみやげもってくるね！）

ふわり、と白花を包んでいる泡玉が浮かび上がる。

（さようなら、白花ちゃん）

（さようなら）

エリシアと太郎の声が頭の中で響いたが、揺れた波が二人の姿を隠した。

（さよなら……さよなら……）

白花は青い水底に向かって手を振った。

「白花？　どうしたの？」

梓の声がして、白花は目をぱちぱちと瞬かせた。

元の縁側に戻っている。膝の上には開いたままの人魚姫の絵本。

「さっきどこかへ行ってたみたいだけど……いつのまに戻ってきたのかな」

梓は白花の隣にしゃがみ、絵本を取り上げた。

「あれ？」

開いた絵本の最後のページを見て、梓は首をかしげる。

「人魚姫と浦島太郎が一緒にいるのはこの前見たけど……赤ちゃんて描いてあったかな？」

そこには赤ん坊を抱いた人魚姫と太郎が寄り添っている絵が描かれていた。

梓が示すページを見て、白花はにっこりした。

「あかちゃん、……エミーちゃんっていうのよ」


その日の夕方。

ピンポーンとインタフォンに呼ばれて梓が玄関を開けると、「お届け物ですー」と寿司《すし》桶《おけ》がたくさん運ばれてきた。

「特上寿司一〇人前、羽鳥《はのとり》梓さん、白花さんでよろしいですね？」

ヘルメットをかぶった元気のいいおにいさんが伝票を差しだしサインを求める。

「え？　あの、うち、頼んでないですけど」

「でも浦島さんという方からもうお代もいただいてますんで。あ、これメッセージです」

差し出された封筒を開けてみる。

『白花さんへお礼です。みなさんで召し上がってください』

そう筆《ふで》で黒々と書いてあった。

「白花？」

梓が振り向くと白花が柱の陰から顔を出し、恥ずかしそうに笑った。

＊玄輝と恐竜

玄輝《げんき》が目を覚ますと、どこか広い場所にいた。

さっきまで家の縁側で寝ていたのに。

それでも不安な感じはしない。

空はとても青くて雲ひとつない。太陽がどこにあるのかわからないが周りは明るかった。

空気は穏やかで、暑くも寒くもない。

足下には緑の草が生えている。見渡す限り緑の草原。

玄輝はしゃがんでその草を撫でた。草の感触はひんやりとして柔らかく、玄輝がよく知っているものと同じだった。

ドオオッとどこからか音がした。

振り向くと向こうからなにかがやってくる。砂煙が地面からあがっていた。

玄輝が目をこらすと、それは恐竜の群れだった。からだの大きな、四本足で走る恐竜が群れでこちらへやってくる。

彼らはみんな同じように頭から背中、そして尻尾まで鋭い三角が――背びれがあった。恐竜たちはものすごい勢いで玄輝の横を走っていった。玄輝が避けなければぶつかっていたところだ。

恐竜が走っていった方を見ると、ほかにも群れがいるようだった。どれもすごいスピードで走っている。

玄輝は歩き出した。ここがどこかはわからないが、このままここにいてもお話は進まないだろう。

歩いていくと、何頭もの恐竜に追い越された。いずれも玄輝のことなど気にもしないで猛スピードで走ってゆく。

向こうになにかあるのかな?

前方にやはり一頭の恐竜が見えた。それは今までの恐竜と違ってずいぶんゆっくり動いていた。玄輝が歩いて追いつけるくらいの速度だ。

近くに寄ってなぜそれが遅いのかわかった。その恐竜は今まで見た群れと違い、三角の背びれがところどころ欠けていた。

そのためなのか、うまくバランスがとれず、からだをゆらゆらグラグラさせて歩いているので遅いのだ。

「なんだ、チビ。邪魔だぞ」

それは隣に来た玄輝に気づいて言った。恐竜の背丈はとても大きくて、玄輝の頭がちょうど彼のおなかの下くらいだった。

「俺さまの周りをちょろちょろするな、目障《めざわ》りだ！」

恐竜はぐわあっと大きな口を開けて威嚇《いかく》してきた。玄輝はあわてて離れたが、そのとたん、恐竜がどすんと大きな音をたてて転んでしまった。

「くそう、またか……」

恐竜はなんとか起きようとしたが、うまく起き上がれないでいる。玄輝はそばに寄ると、下になっているほうの恐竜のからだを押し始めた。

「おい、こら、なにをしてる。余計なことはするな！」

それでも力を込めて押していると、そのうち恐竜は立つことができた。

「……」

立ち上がった恐竜は顔をしかめて玄輝を見た。

「別におまえが勝手にやったことだからな、礼は言わんぞ」

玄輝はうなずくと恐竜のからだをぽんぽんと叩いた。

「なんだ、おまえ。馴れ馴れしいぞ」

しかし、もう恐竜は邪魔だとは言わなくなった。玄輝は恐竜と一緒に歩きだした。

「俺さまだって昔からこんなにふらふらしてはいなかったんだ。この前、喧嘩《けんか》して背びれをちぎられてしまって、それからこんなふうになったんだ」

恐竜は悔しそうに言った。

「背びれなんて、ただの飾りだと思っていた。なんの役にも立たないと。だけど、これがなくなると、なんだかまっすぐ立てないし、空気の振動や匂いもわかりづらいんだ。もともと俺さまたちは目が見えにくいしな」

たぶん、背びれはバランスをとったり、アンテナのような役割を果たしていたのだろう。

どすん、どすん、と彼はからだを揺らしながら言った。

「あそこを見ろ」

恐竜が言うので顔をあげるとずっと前の方を同じ体形の恐竜たちが走っている。

「早いだろう？　向こうには新しい草地があるんだ。みんなそこを目指している。くそう、俺さまも早く背びれを直して、完全な恐竜にならなけりゃ。そうしたらもっと早く走っておいしい草をたくさん食べられるんだぜ」

恐竜はうらやましそうに言った。

どすん。

恐竜がまた転んだ。地面の盛り上がったところに足を取られてしまったのだ。

「くそう、くそう」

恐竜は苛だたしげに吠えた。玄輝はもう一度恐竜の身体を押して立ち上がらせた。

「背びれがないと、こんなに不便なんだな。早く走れないだけじゃなくて、いったん転ぶとうまく起き上がれない。おまえだって俺がのろまな恐竜だって笑っているんだろう」

恐竜がそう毒づくので玄輝は首をかしげた。

「ゆっくり、だと、おはなしできる」

玄輝の言葉に恐竜はびっくりしたようだった。

「お話だと？　そんなもの……」

だがしばらく黙ったあと、小さな声で呟いた。

「お話か……。まあそうだな、話しながら歩くのも、……悪くないか」

恐竜と玄輝はゆっくりと話をしながら進んでいった。

「……」

玄輝はある音に気づいてきょろきょろした。

「どうしたんだ？」

恐竜が立ち止まる。玄輝は音を探して恐竜のそばから離れた。

音は遠い空からしていた。見上げると雲一つない青空だったのが、今は大きな黒雲が浮かんでいる。その下は白くけぶっていた。

「あめ」

玄輝は雲を指さして言った。

雨雲はまっすぐこちらに向かっている、その雲の下に、雨に追われた小さな動物たちが走っているのが見えた。

「ふんっ、チビどもはあんな雨で大騒ぎしているのか。俺さまは雨に濡れるくらいへいちゃらだ」

玄輝は恐竜の胴体を手の甲で叩いた。

「おなかの、したに、いれて」

「なんだ、おまえも雨がきらいな口か」

動物たちが悲鳴を上げながら走ってきた。玄輝は手を振って動物たちを招く。

「こっちおいで、ぬれないよ」

「おい、なにを言うんだ」

「ぬれるの、へいき、なんでしょ」

「うう……」

動物たちは恐竜のおなかの下に殺到した。うさぎやねずみ、りすに猿。小さな犬や子猫。鳥もいたし、蛇もいた。みんなが恐竜のおなかの下に入り込んだ。

雨が恐竜の上で降るが、おなかの下には一滴も入り込まなかった。

「なんて立派な屋根だろう」

動物たちは恐竜のおなかの下でわいわいとおしゃべりをした。恐竜はむすっとした顔をしていたが、じっと動かなかった。

やがて雨は通り過ぎて、向こうへと去っていった。

「やあ、たすかった」

「ありがとう」

動物たちは恐竜と玄輝にお礼を言った。

「君、びしょ濡れになっちゃったね」

小さなねずみが申し訳なさそうに言った。ねずみはどこからかハンカチを取り出すと、さっと恐竜の頭の上にのぼって小さなハンカチで濡れた頭を拭いた。

「僕も手伝おう」

鳥も飛び上がって翼でぱたぱたと風を送って乾かそうとした。

「私も手伝う」

うさぎと猫も飛び上がり、恐竜の背中をハンカチで拭いた。犬や蛇も足を拭きはじめた。

「くすぐったい」

恐竜は笑って言ったが、からだを布で拭かれるのは気持ちよさそうだった。

「虹が出てるよ」

小さなりすが指さす彼方に虹が見える。玄輝と恐竜と動物たちはその虹を見つめた。

「なんだか不思議だな」

恐竜は言った。

「今まで俺さまの腹の下で休んだヤツなんていなかった。小さな動物のことなんか気にもとめなかったんだ」

玄輝と恐竜が歩きだすと、小さな動物たちもついてきた。

犬やうさぎは恐竜の前を走ってでこぼこや穴を教えた。

猿や猫は恐竜の背に乗って障害物を教えた。

ねずみとりすは恐竜の頭の上で、恐竜がバランスを崩しそうになると、頭の片方に寄って注意した。

鳥は高く舞い上がって方向を伝えた。

動物たちはぺちゃくちゃおしゃべりをして、恐竜はその話に耳を傾け、楽しそうだった。

しばらく行くと「おーいおーい」と呼ぶ声がする。

地面に穴が開いていて、声はそこからしているようだった。

「おーいおーい」

玄輝が穴を覗くとそこにはおじいさんが一人いて、手を振っていた。

「うっかり穴に落ちてしまった。近くにロープがあるからそれを使って持ち上げてくれないか？」

なるほど、穴のそばには荷車があって、たくさんの布袋とロープがあった。

玄輝がロープを穴に投げると、おじいさんがそれに掴まった。

「持ち上げておくれ」

玄輝はロープをひっぱったけれど、子供の力ではおじいさんは持ち上げられない。

「手伝う、手伝う」

小さな動物たちもみんなで引っ張ったが、おじいさんは持ち上がらない。

「これは俺さまの出番だな」

恐竜はそう言ってロープの端をくわえた。

「よっこらしょ」

恐竜が後ろへさがるとロープは引き上げられ、やがておじいさんが穴の縁に顔を出した。

動物たちは拍手喝采、恐竜は自慢げにロープを振り回した。

「やれやれ、助かったよ。ありがとう」

おじいさんは地面の上に立つと、荷車を叩いた。

「これから家に小麦粉を運ぶんだ。お礼にみんなにごちそうしよう」

そう言われて玄輝と恐竜と動物たちはおじいさんと一緒に家へ向かった。

「さて、卵とミルクと小麦粉とバターがある」

家に着くと、おじいさんはそう言ってみんなを見回した。

「お礼にホットケーキを焼いてあげよう」

動物たちは大喜び！

おじいさんのかまどは家の外にあった。煉瓦《れんが》でできた大きなかまどだ。

おじいさんはフライパンにミルクと卵と小麦粉でつくったタネをいれ、たっぷりのバターで焼き上げた。

出来上がったホットケーキはふっくらとしたはちみつ色。おじいさんは次々に焼き上げると、それを動物たちの数だけ切り分けた。

「さあどうぞ」

おじいさんがホットケーキを一切れ切って恐竜に差し出した。

「おお、うまそうだな」

恐竜はすぐにかぶりついた。

玄輝はすぐには食べずにホットケーキの一切れをじっと見つめた。三角の一切れ……。

玄輝は自分のホットケーキを恐竜の背中に空いている場所に乗せた。するとそこに背びれができた。

それを見て、小さなねずみも自分の持っているホットケーキの一切れを恐竜の背中に乗せた。すると二つ目の背びれができた。

うさぎが、犬が、猫が、鳥が、りすが、へびが、猿が、自分たちのもらったホットケーキの一切れを恐竜の背中に乗せる。

するとと恐竜の頭から尻尾の先まで、ひとつも欠けることのない、立派な背びれができあがった。

「うおう！」

恐竜は驚いた声をあげた。

「背びれだ！　俺さまの背びれがもとに戻った！」

恐竜は首をねじって自分の背にある三角を見つめた。

「やった！　俺さまは完璧な恐竜になったぞ！」

恐竜は喜んで駆け始めた。そのスピードは今までとまったく違う。あっという間に地の果てに走り、またたくうちにこちらに戻ってきた。

「見ろ、見ろ、俺さまはこんなに立派になったぞ！」

恐竜は嬉しげに叫んだ。玄輝は恐竜を撫でてうんうんとうなずいた。

恐竜は再び走り始めた。

あっちにドドドド、こっちにダダダダ。土煙を立てて縦横無尽《じゅうおうむじん》だ。

小さな動物たちはその勢いに怖くなったのか、一匹去り、二匹去り、とうとう誰もいなくなってしまった。

やがて恐竜は玄輝のもとへ戻ってきた。きょろきょろ辺りを見まして、動物たちの姿を探す。

「みんなはどこへ行ったんだ？」

「すこし、こわい、みたい」

「……そうか」

恐竜はちょっと悲しそうな顔になった。

「俺さま、とっても楽しかったぞ」

「よかった」

玄輝がそう言うと、恐竜はためらいがちに言った。

「俺さまの姿はどうだ？」

玄輝は少し下がって恐竜を見た。乗せた三角の背びれは、もうもとから恐竜のからだの一部だったかのようになじんでいる。

「かっこいい」

「そうか」

玄輝の言葉に恐竜は少し寂しげに笑った。

「ならもういい。俺さまは背びれを返すよ」

玄輝は驚いた。恐竜はずっとずっと背びれを治したいと言っていたじゃないか。

「ああ、そうだ。完全な恐竜になったら俺さまはすごく早く走ることができた。風を切って風と一体になってとても気分がよかった」

恐竜は小さくため息をついた。

「だけど、こんなに早く走っていたら、誰とも話ができないし、みんなに怖がられてしまうだろう?」

恐竜がぶるぶるっとからだを振ると、背に載せていたホットケーキの一切れたちが宙《ちゅう》に舞った。それは玄輝の腕の中に重なって落ちてきた。

「俺さまはこのままでいい、背びれが欠けたままで。早く走ることよりも、俺さまの好きなように、ゆっくり歩いてみんなと話して、誰かに助けられ、助けていきたいんだ」

その言葉に応えるように、小さなネズミが地面の穴から顔を出した。草むらからりすやうさぎが顔を出した。犬と猫が鳴きながら駆けてきて、蛇は恐竜の脚を撫で、鳥は頭上で歌を唄った。

「みんな、戻ってきたんだな」

恐竜は嬉しそうに言った。玄輝は動物たちにホットケーキの一切れを配った。みんなはホットケーキを見て、恐竜を見た。

「いいんだ、食べてしまっていいんだ」

恐竜がそう言うと、みんな嬉しそうにホットケーキにかぶりついた。

玄輝は恐竜のからだをぽんぽんと叩いた。恐竜はうなずいた。

「さようなら、俺さまはみんなといくよ」

恐竜はどすん、と歩を進めた。

ゆっくりゆっくり、歩いてゆく。

ときどき途中で転んでも、みんなが助けてくれるだろう。みんなが背中を押してくれるだろう。

玄輝は小さくなってゆく背びれの欠けた恐竜に手を振った。

小さな動物たちが恐竜の背に乗っている。

大きいのや小さいの。それはそれは立派な背びれのように見えた。


「玄輝……起きて」

からだを揺すられ、玄輝は目を半分開けた。梓が覗き込んでいた。

「玄輝ってば、寝ながら笑っていたよ」

なんだ、夢か、と玄輝は思った。

頬の下には恐竜図鑑が敷いてある。それを読みながら眠ってしまったのでこんな夢を見たのだろう。

「もうじきおやつのホットケーキができるよ。みんなのところへ行こう」

梓に手を引かれ、玄輝は目を擦った。正直、おやつより、まだ眠っていたいのだが……。

そういえばさっき夢の中で食べそびれたな。

玄輝は梓を見上げてにっこりした。

「たべる」

「うん、どうぞ」

居間に入ると蒼矢や朱陽、白花が座っていた。みんなの前には四等分したホットケーキが一切れずつ載ったお皿がある。

「げんちゃんのぶんー」

朱陽がホットケーキの載ったお皿を渡してくれた。

「みんなのくっつけると丸になるね！」

子供たちはお皿を寄せて四つの切れ端をくっつけた。一つの大きな丸いホットケーキになる。

欠けているのも丸いのも、どちらも大事なホットケーキ。

玄輝はお皿の上の一切れにフォークを刺すと、あーんと一口で食べてしまった。

第四話

三波先生の憂鬱

話ができない。

物語が作れない。

けれど締め切りは刻一刻と近づいてくる。厳密に言えば一時間、一分、一秒と近づいてくる。

締め切りなんか大嫌いだ。

しかし締め切りがないと書き上がらないのも事実だ。

はあっと小説家の三波潮流《みなみちょうりゅう》は大きなため息をついた。

今回の話のトリックは決まっている。だが、そのトリックを魅力的に見せるための舞台が用意できない。

三波が今書こうとしているのは人気作品「おしゃべり探偵ミス・ジュンコ」のシリーズだ。もう二十年も書いているからジュンコがどんなふうに動くかはわかっている。動いてさえくれればきっと彼女はすてきな謎解きをしてくれるだろう。

ところが今、彼女は真っ白な箱の中にいて呆然としている。

「ここはどこ？　あたしはなにをすればいいの!?　ねえ、ちょっと！　ずいぶん前からあたしはここにこうしているけど、あんたいったい何を考えてんの？　もしかしてなにも考えてないんじゃないの⁉」

ミス・ジュンコは三波に向かって叫んでいるが、彼自身、ジュンコの行く先がわからない。

ミステリ小説を書く上で重要なのはキャラクター、舞台、魅力的な謎、そして着地点。

今、その舞台と着地点が見えてこない。

話によっては謎解きが着地点になるだろう。だが、ミス・ジュンコシリーズは謎解きだけでなく人情ドラマとしても完成していなければならないのだ。

ジュンコがその謎を説くことで、舞台上の人間たちにそれぞれ収まりのいい椅子を用意してやらなければならない。

それができない。

もうとっくにプロット作成の時期は過ぎている。今は執筆に入っている期間だ。

プロットさえできれば……、せめてとっかかりのアイデアさえできれば。

三波はキャラクターの力を信じていた。長年つきあってきたミス・ジュンコなら、その白い箱から出さえすれば自力で物語を展開してくれるはずだ。

とっかかり。

舞台。

着地点。

見えそうなのに見えないことにイライラする。頭をかきむしる。胃が痛む。胸がヒリヒリして胃酸《いさん》があがってくるのか喉の奥が酸っぱい。

「だめだだめだ」

三波は原稿用紙を丸めて床に叩きつけた。

三波はいまだに四百字詰め原稿用紙に鉛筆書き。三波の悪筆を解読できる編集も少なくなっているので、いい加減パソコンに移行してくれと言われている。

だが、自分の言葉を鉛筆の先から流している三波にとって、パソコンのキーを叩くと文章が細切れになるような気がする。

そんな鉛筆の動きをなにかが邪魔している。話を考えることを止めているような気がする。

机から顔を上げるとガラス越しに明るい青空。花粉も落ちついた五月の空だ。ハナミズキの白とピンクの花がいくつも空に手を広げている。

(散歩にでもいくか……)

アイデアが出ないとき、歩き回って考えるというのもひとつの手だ。

三波は携帯電話と小銭入れをもって部屋を出た。

途中のコンビニでミニあんパンを買った。小さなあんパンが五つ入っている。それと、二〇〇ミリの紙パックの牛乳を買って、三波潮流は近所の公園にやって来た。

子供たちの声が響いている。

三波は子供たちの声は嫌いではなかった。耳の上を漫然と流れていく町中の喧噪《けんそう》は好きだった。

自分がこの世界の片隅に存在を許されるような気がするからだ。

ベンチに座ってミニあんパンの袋を開け、紙パックにストローを差し込む。

（甘いものは考えることを手助けするからいいんだ）

あんパンなどを食べているところを家政婦の高畠《たかはた》さんに見られたら「血糖値《けっとうち》が！」と怒り出すだろうが、かまわなかった。

血糖値とアイデアを引き替えにできるなら、いくら上がってもかまわない。

あんパンを手に公園をぼんやり見やると、近所に住む羽鳥梓《はのとりあずさ》の姿が見えた。ということは、あの家の四つ子たちもいるのか。

ちょっと探すとすぐにジャングルジムの上にいる女の子が見えた。

朱陽《あけび》という名前だったはずだ。空に向かってなにか話しかけている。いや、鳥に話しているのかな。赤味を帯びたはねっ毛で、元気がいい。

男の子の、確か蒼矢《そうや》という子が友達と一緒に木の下で話をしている。

ああいう小さな子供同士でなんの話をしているのだろうか？　そもそも会話が成り立っているのだろうか。自分が子供の頃はもう遥か彼方過ぎて覚えていない。

砂場には白花《しらはな》という大人しい女の子がシャベルを持ってしゃがんでいる。

砂場の周囲を取り囲んでいるコンクリの上に、砂をすくって乗せていた。慎重な手つきはこだわりのある職人のようにも見える。

さて、もう一人いたはずだがその子は――、ときょろきょろしていると、ふっと腰に重みを感じた。見下ろすといつの間にか男の子が自分の横に座って寄りかかっている。

「あ、君は」

四人目の子がそこにいた。玄輝《げんき》という名前だったろうか。

「……やあ」

子供にこんなに近くに寄られたことのない三波はとまどった。どう対応していいかわからない。

「こ、……」

玄輝は口の中でなにか呟いた。最初の言葉だけ聞き取れたが、おそらく「こんにちわ」と言ったのだろう。

「こんにちは。いい……天気だね」

子供相手にお天気の話はどうかなとも思ったが、ほかに思いつかない。

三波は自分の腰あたりに寄りかかったままの玄輝を見下ろし、手に持ったあんパンを見た。

「あんパン……食べるかね」

差しだそうとしてはっとした。そういえば高畠がうるさく言っているではないか。最近の子供はアレルギーを持つものが多い。むやみに食べ物を勧めてはだめだと。

三波はあんパンをあわてて高く持ちあげた。玄輝はじっとその動きを見つめている。

「ええっと……君はあんパンを食べられるかね」

もしかしたらこの年代の子供はあんパンなぞ知らないかもしれない。

「あんパンというのはパンの中にあんこがはいっているものだ。あんこは小豆《あずき》と砂糖を煮たもので甘いものだ」

玄輝は説明を聞き、ゆらゆらと頭を動かした。この反応はどちらだろう？　イエスかノーか。

とりあえず三波はあんパンを袋に戻し、紙パックの牛乳をちゅーっと吸った。

「今日はいい天気だな」

もう一度言ってしまった。天気以外の話しができないものか。

「わしは作家だよ、知ってるかい。作家、小説家」

玄輝はこくりとうなずいた。

「そうか、知っているか。しかし作家といってもけっこう大変な仕事でな、なかなか話も作れない。今日も部屋で唸っていたんだが、ラチがあかないので散歩に出てきたんだ」

「……らち」

「うむ、ラチがあかないというのはにっちもさっちもいかないという……おっと、にっちもさっちもわからないよな、どうしようもないということだ」

　玄輝は理解したのか重々しくうなずく。

「今はプロットを作っていてね。プロットというのはお話の設計図のようなものだ。作家仲間にはそんなものを作らず頭から湧き出るままに書くという天才もいるが、わしはだめだな」

　口が軽くなっていた。近所の子供に話すような内容ではないが、胸の内を語るというのは気持ちがいい。玄輝が大人しく耳を傾けてくれているような気もして三波は続けた。

「本当はもうプロットを仕上げて本文に取り掛かっていなくちゃいけないんだが、どうにもうまくいかなくてね」

　玄輝は黙ってうなずいてくれた。

「事件を起こすとっかかりを探しているんだ。二十年もやっていれば同じような話が多くなってしまう。引き出しの数が減ってくるんだな。だからなにか新しい引き出しを探し出さなければならない……」

言いながらああ、そうかと思った。引き出しだ。

悩んでいたのはなにを考えても手垢《てあか》のついたアイデアしか浮かばず、だから進んでいなかったのだ。

言葉にするとはっきりわかる。自分のアイデアが古臭いと無意識に自分にダメ出しをしている。

自分はなにか新しいことをしたいのだ。今まで書いていなかったもの。読者も自分も驚くようなもの。楽しいもの。

「やはり年なのかな。家にこもってばかりじゃだめということか。なにかこう……刺激がないと引き出しも新しくならない」

ふっとなにか浮かんだような気がした。引き出し……引き出しを開ける手。それは小さかった。子供？　子供が引き出しを開けて――。

ふと目線を上げると朱陽がジャングルジムの上に立っているのが見えた。両手を広げて鳥のように。

「あっ、あぶな……っ！」

叫んだ時には少女は飛び降りていた。だが、着地の前にそのからだから真っ赤な翼が広がるのが見えた。

「え？」

ふわり、と少女が地面に降り立っている。それからたったと走り出した。

三波はため息をついてベンチに腰をおろした。いつの間にか立ち上がっていたのだ。

「今、てっぺんから飛び降りた……？　いや、見間違いか？　もっと下の方から降りていたのか？」

玄輝に顔を向けてそう尋ねてみるが、玄輝は首を横に傾げるだけだ。

「見ていなかったのか？　あの子が今……」

玄輝は不思議そうな顔で三波を見て、顔を正面に戻した。視線の先には砂場がある。そこでは白花が遊んでいるはずだ。

「あ、」

白花の目の前に砂色の大きな犬がいた。

「犬だ」

犬はさっと砂場を飛び出し公園の出口に向かった。キキキッと車が急ブレーキをかける音がして、今度も三波は立ち上がった。

公園の出口まで行くと、車が道路に斜めに止まり、その前で女の子がしゃがんでいる。母親がその子を抱きしめていた。

運転手は車から降りて辺りをきょろきょろしている。

「犬が……犬がいたのに」と彼は呟いていた。

車の前の方に砂の塊が落ちていたが、それは風に吹かれてすぐに散っていった。

三波は公園に戻り砂場を見た。白花は知らん顔でバケツに砂を入れている。

「今のはなんだったんだろう」

首をひねりながらベンチに戻る。玄輝は同じ場所でこっくりこっくり舟を漕いでいた。

「こんなところでお昼寝していいのかい？」

隣に座って声をかけると薄眼を開ける。ねぼけ顔がかわいらしくて思わず頭を撫でてしまった。

「今寝ると、夜眠れなくなるんじゃないのかね」

玄輝は否定するように首を横に振った。まあこのくらいの子供ならいくらでも眠ることができるのだろう。

わっと子供の甲高い歓声が聞こえた。蒼矢たちが団子になって走っている。けたたましく笑いながら途中で四方八方に散った。

見ているとブランコの方へ駆けて行った蒼矢がひらりとブランコを飛び越えてしまった。一緒に走っていた他の子たちは気づいていないようだった。

「お、おいおい、君のきょうだいはみんななんだかすごいな」

三波は思わず玄輝に呼びかけてしまった。玄輝は興味のない様子で大きくあくびをする。

その邪気のない顔につられて思わず三波もあくびをしてしまった。

そして目を開けると。

「な……？」

三波は自分がどこにいるのかわからなかった。上下左右、全てが真っ暗で、周りに小さな白い光が輝いている。

一番近い風景と言われればそれは宇宙だ。

(なぜ⁉)

足元もない。なのに落ちはしない。空間の中に浮いているようだ。ぞっと全身がすくみあがった。

「た、助けてくれ！」

三波は手を伸ばした。すぐそばの白い光に指が触れる。その瞬間、頭の中に映像が見えた。

(今のは)

自分の状態も忘れて別な星に手を伸ばす。また映像が見えた。

(やっぱりそうだ、考えている話だ！)

プロットができない、話が書けないとはいえ、頭の中にまったくなにもないわけではない。例えていえば、アイデアやシーンは流れに浮かぶ泡のようにいつもそれがどこかにある。

その中から話に成長しそうな泡を選び、それを大事に大事に育ててゆく。そしていくつもの育った泡がくっついて物語になる。

他の作家は知らないが、三波の書き方はそうだった。周りに浮かぶ無数の光は今考えている作品のかけらだ。

じゃあここはわしの頭の中なのか。

たくさんの星々、こんなにシーンがあったのか。

足元を見ると無限に見えた宇宙の中に、ぼんやりと大地が見えた。あれはきっと着地点だ。あそこへ辿り着ければこの無数の光が大きなひとつの塊となり受け取れるはずだ。

三波はじたばたと手足を動かした。なんとかあそこへ降りたい。着地点を確かめたい。

だが心に反して体は思い通りに動かず、その場でぐるぐる回っているだけだ。

(あそこへ！　着地するんだ！)

ぐいっと手を引かれ、驚いて手の先を見ると玄輝がいた。玄輝の重さの分だけ体が下がる。だが大地にはまだ遠い。

ぐぐっと背中が押された。振り返ると朱陽が笑って背中を押してくれている。また体が少しだけ下に降りた。

「もう少し！　もうちょっと！」

蒼矢がしょうがないなあという顔で、三波の足を引っ張った。着地点が近づいてくる。

「頼む！　もう少しなんだ！」

肩に白花が降りてきた。重みはあまり感じないのにぐうっと体が下がってゆく。足先がもう地上に届きそうだった。

「ああ、あともう少しなのに！」

玄輝がとんとんと三波の手を叩く。はっと見るとこちらに向けて指を差していた。

「え？」

それで三波は自分が片手にあんパンを持っていることに気づいた。玄輝はそのあんパンを指さしている。

「これを？　これをどうしろと」

玄輝は空いている方の手でなにかを食べる真似をしてみせる。

「あんパンを喰《く》えというのか!?」

玄輝がうなずくのを見て三波は手にしたあんパンにかぶりついた。口にいれて咀嚼《そしやく》して飲み込む。

ずしん、と体が重くなり、両足が大地についた。

「着、地、点！」

その瞬間、今まで空にあった星々がいっせいに降ってきた。バラバラに見えていた映像がつながり始める。キラキラパチパチと星が弾けるたびに新しい物語が見えてきた。

着地したことにより、おしまいが決まる。とっかかりは子供。小さな手が引き出しを開けるシーン。子供。そうだ、子供だ。今まで書いたことがなかった新しい素材、世界。

そして今までの自分の世界と新しい世界を繋げるのは一個のあんパン！

これだ。

これが書きたかったんだ……！


「……先生、三波先生……」

名を何度か呼ばれた気がした。

はっと目を開けるとすぐそばに羽鳥梓の顔があった。

「あ……」

「すみません、先生」

梓は申し訳なさそうな顔をしている。その視線を追うと、自分の膝を枕に玄輝が眠っていた。すやすやと穏やかな寝顔だ。

「ちょっと目を離したらこんなことに。本当にすみません」

梓はそう言って三波の膝から玄輝を抱き上げた。膝の上から温かさがすっと消えた。

玄輝は梓の胸に抱かれても目を覚まさなかった。

「……できた」

三波の呟きに梓が目を瞬かせる。

「は？」

「できた、できたぞ！　そうだ、そうすればいいんだ！」

三波はベンチから勢いよく立ち上がった。とたんに頭の中にあったプロットが崩れそうな気がして「おっとっと」と言いながらバランスをとる。

「あの、三波先生？」

「話すな、忘れる」

三波は梓に手のひらを突き付け、頭の中のアイデアを零さないよう、そっと歩き出した。このまま書斎に戻るのだ。そして原稿用紙に書きだそう。

新しい展開、自分が楽しい物語を。

どこからどこまでが夢なのかわからない。ベンチに座ったところから眠ってしまったのだろうか。しかし。

三波は自分の右手を見た。そこには一口かじったあんパンが握られている。起きているときに食べた記憶はなかった。

（いや、そんなことはどうでもいいんだ）

夢だろうが現実だろうが、創作のまえではどうでもいい。創作自体が夢をつくる作業だから。


そして三か月後。

三波潮流は新しい本を上梓《じょうし》した。

タイトルは「小さな目撃者・おしゃべり探偵ミス・ジュンコと四つ子の謎解き保育園」。

ミス・ジュンコのシリーズでありながらかわいい四つ子が活躍する新しい物語。

このあと、三波潮流はミス・ジュンコと四つ子の話を何作も書くことになり翡翠《ひすい》が大騒ぎすることになるのだが――。

それはまた別の物語だ。

第五話

鳥さんのごはん係

ひどく風の強い春の日だった。

公園で遊んでいたのだが、白花《しらはな》のいる砂場の砂が巻き上げられたり、朱陽《あけび》が風に乗って飛びそうになったりするので早々に引き上げることにした。

子供たちをカートに乗せて引っ越したばかりの家へ戻る途中、急に朱陽がカートの中で立ちあがった。

「てってー！　てってー！」

「どうしたの、朱陽。危ないよ」

「どうやら止まれと言ってるらしいな」

翡翠《ひすい》に言われて、梓《あずさ》はブレーキをかけてカートを止めた。朱陽はカートによじのぼり降りようとしている。

「待って待って。どうしたの」

「ちんちぇき！　あえびのちんちぇき！」

朱陽は身を乗り出し歩道の隅を指さす。朱陽の親戚、というのは鳥のことだ。以前、朱陽は朱雀で火の鳥だから、空にいる鳥は親戚だね、と言ったことを覚えていたらしい。

「鳥？　鳥がいるの？」

地面を眺め渡すと電信柱の陰に鳥が翼を広げて落ちていた。

「あ、この子か」

梓は鳥を両手で拾い上げた。雀のようだ。この強い風にあおられてどこかにぶつかったのか？

「貸してみろ」

翡翠の手に渡すと裏表とひっくり返し、

「どうやら羽を痛めているらしい。私が先に戻って治療しておこう」と言ってくれた。

「お願いします」

翡翠はすぐ雀鳥を持ったまま姿を消した。心配そうな朱陽に梓は笑いかけた。

「大丈夫だよ。翡翠さんが治してくれるって」

「よかったー」

朱陽は胸に両手を押し当て嬉しそうに笑った。

「鳥さんの声、聞こえたの？」

「んーん、こえ、ないの。いたいいたいいって」

声というよりは鳥の感覚なのかもしれない。

「さあ、じゃあ早く帰って鳥さんに会おうね」

梓が言うと朱陽は「あいあーい」と叫んでカートの中に座り込んだ。

家ではすでに翡翠が雀の治療を終えていた。羽に添え木を当てて動かさないように布を巻いてある。雀は小さな穴を開けた段ボールにおとなしく入っていた。

「しゅじゅめさん」

「ちっちぇー」

（カワイイネ）

「……」

子供たちは寝室に置いた段ボールを覗き込み、指先で雀の頭や背中を撫でた。

「あまりかまうと弱ってしまうよ。暗くして安静にしておかなきゃ」

梓は子供たちを箱からひきはがした。

「あんせーってなに？」

「静かにそっとしておくことだよ」

そう答えると子供たちは「しーっ」「しーっ」と人差し指を口の前に立てた。それから思い思いの場所に散っていく。

それでも朱陽はずっと雀の段ボールの前にしゃがんでいた。声は発さないが、不安げな顔で横たわる鳥を見ている。離れたくなさそうなのを無理矢理離すよりは、と梓は一計を案じた。

「朱陽、雀さん心配？」

「ん、かあいそーね」

「それじゃあ朱陽は雀さんのお世話する？」

梓が言うときらきらした目で振り返る。

「おしぇわ？」

「そう。雀さんにご飯あげたりお水あげたりする係」

「する！」

朱陽は立ち上がって手を上げた。

「あえび、しゅじゅめさんのかかり、する！」

「そっか。それじゃあ三時間おきに雀さんにご飯あげて。それで、その間は雀さんをねんねさせてあげて」

「しゃんじかんおきって？」

「時計を見て」

梓が居間にかかっている丸い時計を指さすと、朱陽はそれを真剣な顔で見上げた。

「あの短い針が4のところと7のところにいったらご飯をあげるの。それで朱陽はねんねする。明日起きたらまた7のところに針がいったらごはんをあげてね」

「よんとーななー？」

朱陽は数字を睨みつけた。

「そう。できるかな？」

「できりゅ！」

「ごはんをあげたら雀さんには近寄らない。ねんねするのが一番大事だからね。わかった？」

「わかった！」

「じゃあ、4になるまで雀さん、バイバイってね」

「ん、バイバイ」

朱陽が手を振ったので梓は襖を閉めた。それでも朱陽はしばらくのあいだ、襖を見つめていた。

(アーチャン、ザシキデオママゴトシヨウ)

白花が朱陽の手を掴んで揺する。

「うん……」

朱陽はもう一度時計を見た。

「よんとー……なな……」

心に刻むようにそう言うと、白花に手を引かれて座敷に向かった。

その日、朱陽は忘れずに四時と七時に雀に給餌した。餌は梓が白米を細かく砕いたものだ。水は豆腐のパックに入れて段ボールの中にいれた。

雀は朱陽が米をいれた器を近くに置くと、頭をせわしく動かしてつついた。

食欲は旺盛なので、じきに傷ついた翼も回復するだろう。朱陽はそんな雀を嬉しそうに見守った。

「しゅじゅめさん、またあしたね」

七時のご飯をあげて朱陽は雀の入った箱のふたを閉める。

「おきたらー７のとこでごはんー」

朱陽は時計を見た。早く７にならないかな。


翌朝、朱陽は六時前に目を覚ました。他の子供たちはまだ寝ている。梓も一番端でぐっすりと眠っていた。

朱陽は布団を抜け出すと、すぐに部屋の隅に置いてある雀の箱の前に行った。

「しゅじゅめさん、おあよう」

そっと箱を開けると雀が元気よくチュクチュクとさえずる。昨日は鳴いていなかったのでかなり回復したようだ。

「よかったー、おげんきー」

朱陽は寝室の壁の時計を見た。まだ針は7のところにいってない。

「しゅじゅめさん、おなかすいた？」

雀は言葉では訴えないが、空腹であることが朱陽にはわかる。だが、梓は針が7のところにいかないとご飯をあげてはいけないと言っていた。

「もちょと、てってー。おいちいのあげるから」

朱陽は時計を睨んだ。早く早く、針が7のところにこないかな。あとちょっとなのに、なかなか進んでくれない。

「んー、まだあ？」

布団の上ででんぐり返りをしても、時計の針は進まない。

「あじゅさ、あじゅさ」

朱陽は寝ている梓の頭の方へ行き、小さな声で呼んだ。

「ねー、しゅじゅめさんにごあんあげていい？」

「……んー、もう七時？」

「うん！」

梓は薄眼《うすめ》を開けて寝室の時計を見上げた。

「まだ七時前だね……もう少し寝かせて」

「ごあん、あげていい？」

「んん、いいよ」

梓はそういうと布団の中に潜った。許可を得て朱陽は満面の笑みを浮かべる。

「ごっはん、ごっはん」

梓が作ってくれた雀用の白米は段ボール箱のすぐそばにビニール袋に入れて置いてある。朱陽はそれを手のひらに出した。梓が砕いた小さなお米。

「しゅじゅめさんのごあん……おいちーのかな」

朱陽は手の中の米を舌先ですくいとってみた。しかしそれは炊《た》かれていない生の米だ。朱陽は眉を寄せ、ぺっぺと吐き出した。

「おいちくなーい、かたーい！　こんなんだめよー」

雀は丸い頭を傾けて朱陽を見上げている。朱陽は指先でその頭をそっと撫でた。

「だいじょぶよー。しゅじゅめさん、ごあん、おいちくしたげる！」

朱陽はコメの入った袋を持ってキッチンに駆け込んだ。飛びついたのは冷蔵庫だ。

家の冷蔵庫は一番上が冷蔵、真ん中が野菜室、一番下が冷凍庫になった形だ。朱陽は下の冷凍庫をガッコンと開けた。

「おいちーおいちーあいしゅくりーむ！」

冷凍庫には梓がスーパーの特売で買う箱アイスが入っている。朱陽はそれを取り出すと、開いていたフタからコーンのついたアイスを取り出した。

「いっちご、いっちご」

くるくると紙をむいて頭のピンクのアイスにかじりつく。

「ちゅめたーい！　おいちー！」

もぐもぐと食べて、はっと気づいた。

「ちがうの、しゅじゅめさんにあげんのよ」

自分で自分を叱咤すると、アイスの部分を手でとって、落とさないように慎重に寝室まで運んだ。すごい寝相《ねぞう》で寝ている蒼矢《そうや》をまたぎ、雀の箱の前に座る。

「しゅじゅめさん、ほら！　こえ、おいちーのよ！」

朱陽はそう言いながらアイスの塊を雀の顔の前に持っていった。しかし雀は頭を引いてそれを避ける。

「どしたの？　たべないの？　だめよー、ごあんたべてー」

朱陽はアイスを段ボールの中に落とした。けれど雀はそれを無視して箱の隅に移動する。

これはきらいなのかもしれない。

「うーんと、じゃあねー、おみじゅのもう。おみじゅもね、おいちいのあげるね」

朱陽はもう一度冷蔵庫へと向かった。開けっ放しの冷凍庫の引き出しのふちに乗ると、一番上の冷蔵のドアを開ける。

「えっと、にゅーにゅー、おいちーよね」

冷蔵庫のドアのポケットにある一リットルの牛乳を両手で掴む。ポケットは案外深く、よいしょと持ち上げるとバランスがくずれた。

「あー！」

よろけて冷凍庫の引き出しから落ちてしまう。しかし抱えていた牛乳は口をしっかりと閉じてあったので、わずかに朱陽のパジャマを濡らしただけだった。

「せーふ！」

朱陽は牛乳を抱え直すとまた寝室へ走った。

「しゅじゅめさん、にゅーにゅーだよ。いっぱいのむとおっきくなるよ！」

そう言いながら豆腐の容器に牛乳をそそぐ。中には梓がいれていた水が入っていたので、すぐにいっぱいになってあふれてしまった。

「あれれ」

雀が牛乳浸しになる。朱陽は急いで雀をすくい上げた。

「どうちよう……しゅじゅめさんのおうち、びしょびしょになっちゃった……」

これでは怪我が治らないかもしれない。

「あ、そーだ！」

いいことを思いついた。新しいおうちにお引越しすればいいのだ。自分たちもアパートからこの家に越してきたではないか。

「おしっこしーおしっこしー」

朱陽は雀を手にしたまま、おもちゃ箱を漁《あさ》り出した。たしかこの中に……。

「あったー！」

フェルトでできたバスの玩具《おもちゃ》がある。朱陽はそれを取り出すと、雀を中に押し込んだ。

「ふかふかでしょ！　あったかでしょ！」

チュンチュンと雀がさえずる。その声に不快感がないのを感じ取り、朱陽はそのままバスを抱きしめると布団の上に横になった。

「しゅじゅめさん、はやくげんきになーれ……」


その日の朝、出しっぱなしになって溶けたアイスの箱や、開けっ放しの冷蔵庫を見て、梓が悲鳴をあげるまで、あと、もう、ちょっと……。

第六話

鬼子母神の駄菓子屋さん

夏の晴れた日、梓《あずさ》は翡翠《ひすい》と一緒に子供たちを連れて鬼子母神堂《きしもじんどう》へ参拝にきた。同じ池袋にあるのに、少し遠いため、今までお参りしたことはなかったのだが、境内に駄菓屋さんがあると聞いてやってきてみた。なんでも駄菓子屋としては日本最古、江戸時代から続く店らしい。

鬼子母神堂に至るには、大きな欅《けやき》の木が立ち並ぶ参道を進む。

「立派な木ですね」

「うむ、こちらの歴史も四〇〇年と古いのだ」

参道は、緑の葉が重なる日陰のおかげでかなり涼しかった。

境内に足を踏み入れると肌にぴりっとしたものを感じた。これは神気《しんき》なのかもしれない。

境内には樹齢七〇〇年になるという大いちょうの他、たくさんの木々が植えられ森の中のようだった。

鬼子母神とはタカマガハラで会ったことがあるが、こちらにおわすのは分霊《ぶんれい》された柱かもしれない。だとしたら初対面となる。

鈴緒《すずお》を引いて二礼二拍手。梓のまねをして子供たちも小さな手をあわせた。

「ご挨拶が遅れて申し訳ありませんでした。羽鳥《はのとり》梓と四神子です。これからよろしくお願いします」

「おにゃがいしまーす！」

子供たちも梓の言葉のあとについて声を揃えた。

ふっと額にかすかな風が当たる。鬼子母神の返事かもしれない。

境内にはぱらぱらと人がいた。子育ての神様のせいか、満ちている空気も丸くて優しい。

梓は子供たちをつれて木陰に立っている木造の建物へ向かった。目当ての駄菓子屋だ。

屋根を大きな手で押しつぶしたような平たい建物で、店先にさまざまなお菓子が並んでいる。軒下にはガラスケースや赤い蓋のポットがあり、色とりどりのお菓子が中にみっしりと入っている。

「あじゅさ、おかちおかち！」

蒼矢《そうや》と朱陽《あけび》がぐいぐいと手を引っ張る。

「おかちたべゅー！」

「はいはい、大丈夫だよ。ちゃんと買ってあげるから」

「あじゅさー、あーちゃんこえー」

朱陽はきなこ棒に興味があるらしい。ひとつ一〇円なので梓はそれを四つ買って子供たちに渡した。

四人の子供たちが揃ってきなこ棒を食べている光景はほほえましくかわいらしい。

「あじゅさー、ぼうになんかちゅいてるー」

真っ先に食べ終わった朱陽の棒を見てみると、先端が赤くなっている。

「へえ、朱陽。アタリだよこれ」

「あたいー？」

「うん、もう一本きなこ棒が食べられるんだよ」

「きゃーう！」

朱陽はけたたましい声を上げて梓の周りをバタバタと回る。

「あじゅさっ！　おれのもおれのも！」

蒼矢も棒を振りかざす。そこにも確かに『あたり』の刻印がされていた。

「ほんとだ、蒼矢もアタリだ。すごいねー」

「ひょっほーい！」

蒼矢は奇妙なかけ声をあげて、朱陽と一緒に回り始めた。

つんつんとTシャツの裾をつままれ、下を見ると白花《しらはな》が棒を梓に見せている。

「え、……あたり……？」

まさか、と一番最後まできなこ棒を食べていた玄輝《げんき》を見る。玄輝は丁寧に棒をなめると、
それを梓に掲げて見せた。——あたりだ。

四人全員が当たり？　これはおかしくないか？

「なにをしているのだ、羽鳥梓。当たったのならもう一本もらわねば！」

翡翠がそう言って四本の棒を梓から奪い、胸を張って店の人間に突きつけた。

「おやまあ、四人とも当たるなんてすごいねえ。鬼子母神さまのご加護かねえ」

お店のおばあさんは首を振りながらきなこ棒を四本取り出す。

「鬼子母神さまのご加護……？」

思わず本殿を見る。

「鬼子母神さま、お心遣いはありがたいのですがこれ以上は……」

梓は本殿に向かって手をあわせた。するとまた額に風が吹く。それは少しがっかりしたためいきのようだった。

「すみません、ありがとうございます」

もらったきなこ棒を食べ終わった子供たちは棒を裏表ひっくり返していたが、こんどは当たりの印はない。

「きなこぼー、もうたべらんないー？」

朱陽が悲しそうに言う。

「うん、きなこ棒はもうおしまいだよ。そのかわり別のお菓子を買ってあげるね」

「あいあーい」

しかし梓は気づいていなかった。お菓子の大半がくじ付きのものであることに……。

子供たちに「あたり」をあげたい鬼子母神と梓の攻防は始まったばかりだった。

第七話

大人のたしなみ

梓《あずさ》はすうすうと寝息をたてる子供たちの顔を見つめた。

朱陽《あけび》は夢の中でなにか食べているのか口をもぐもぐと動かしている。

蒼矢《そうや》は両腕を万歳《ばんざい》の形にしたままぴくりとも動かない。

白花《しらはな》はからだを丸めて胎児《たいじ》のような恰好で眠っている。

玄輝《げんき》は仰向けで唇をとがらせ、ぴゅーふるると寝息を立てている。

（みんな、よく眠っているね……）

梓は四人の布団を直して、そっと起き上がった。

寝室の廊下側の障子を開けて外に出ると、窓を開けた縁側に紅玉《こうぎょく》と翡翠《ひすい》が並んで腰掛けていた。紅玉が笑みを浮かべておいでおいでと手招きする。

「みんな寝た？」

「はい、ぐっすり」

「よっしゃ」

紅玉の隣に座ると缶ビールを渡された。ひとつおいた先で翡翠がプルトップを引き開ける。プシュッと小気味《こきみ》いい音が秋の夜空に響いた。

「じゃ、乾杯」

三人の缶がぶつかりあう。

「お疲れさん」

「お疲れさまです」

「なにも疲れてないないだろうが」

「慣用句や、慣習句」

一口目をぞぞっとすすり、苦みのある泡をのどの奥へ流す。続けてごくりごくりと一気に飲み下すと自然に「はーっ」と声が出た。

「いい月ですねぇ」

「ほんま」

今日は中秋《ちゆうしゆう》の名月《めいげつ》。夕方にはおだんごを用意して子供たちとお月見をした。月うさぎの話をするとみんなが会いたがった。そのあと、月うさぎの歌を月まで届けと歌って、お隣の仁志田《にしだ》さんにお饅頭《まんじゆう》の差し入れをもらった。

「誰かとビールを飲むのも久しぶりです」

梓はビールの缶を月に掲げて呟いた。

「そうやな。子供たちがおるとゆっくり酒も飲めんし、僕らは子供たちが寝たら帰ってしもうからなあ」

「夜中に一人でスマホを見ながら飲むくらいでしたから、嬉しいです」

大人だけで月見酒をしようと紅玉に囁かれたときは、正直どうしようかと思ったが、案外いいものだ。

「梓ちゃん、日頃ずっと子供たちの面倒みて頑張っとるからな。たまにはこうして飲みながらしゃべるのもいいやろ。ストレスとか溜まっとらん？」

「ストレスですか……よくわからないけど、やっぱり子供たちが言うことを聞いてくれないとイラッとしたりしますね」

梓は翡翠の様子を窺いながら言った。子供にいらつくなどと言うと、「きさま、神の子供になんということを！」と怒鳴られるのではないかと思ったのだ。

だが、翡翠は黙ってビールを飲んでいるだけだ。端正な横顔は今夜の月のように白く静かで、そういえば泉の精霊だったんだよなあ、としみじみ思い出すほどにはきれいだった。

「でも逆を言えば、言うことをきかないってこと自体が成長していることなのかなと思えば嬉しいですしね」

「梓ちゃん、複雑やな」

「そうなんです」

「そや、ビールだけやないで。いろいろつまみも用意したんや」

紅玉がビニール袋からガサガサと取り出す。

「あ……」

ガサガサ音で子供たちが目を覚ますかもしれない、とあわてて寝室を見る。紅玉はそんな梓に気づいて「大丈夫」と片目を瞑った。

「一応子供たちの部屋には結界を張っておいたから、僕らが立てる音や声は聞こえんはずや」

「そ、そうなんですか？」

「もちろん、子供たちの声はちゃあんと聞こえるように調整してある。万全や」

さすが気遣いには定評のある紅玉だ。

「僕の好みでえび満月に綱揚《つなあ》げにカルパスに6Pチーズに……」

「かっぱえびせん。やめられない、とまらない」

「私も買ってきたぞ。湖池屋のスコーンと……」

「あ、サッポロポテトだ。なつかしいな」

精霊たちは競うように袋モノを並べた。どの袋を最初に開けるかは精霊に任せて、梓は早速三角チーズの赤いビニールをひっぱった。

「そういえばテレビで、むきやすさ世界一って観たような気がするけど……外国もプロセスチーズってあるんですかね？」

「そりゃああるやろけど、日本ほど食べてないかもしらんね」

紅玉も小さなチーズの銀紙をはがしてそのまま一口でほおばった。

「こんなふうにむきやすさまで工夫するのは日本だけやろね、ポーションチーズ」

「ポーション？」

首をかしげる梓に紅玉が三角形の銀色のチーズを差し出した。

「うん、これ。6ポーション」

「6P……6ピースじゃないんですか？」

「ああ」

紅玉は三角のチーズを手の中で放った。

「『かけら』という意味のピースやなくて、『部分』っていう意味のポーションのPなんや」

「ええーっ、知りませんでした！」

「まあ、普通は気にせんよな。そういや昔はこれ、缶入りやったんやで」

「へえ……」

「包装から全部手作業で高級品やったんや。いまは、薄いのもあるし、切れてるし、キャンディタイプやらサラミが入ってたり柚子胡椒《ゆずこしょう》が入ってたりラーメン味やったり……技術の進歩はすごいわ」

紅玉が小さな三角形のチーズを見ながら遠い目をする。

「どれだけ昔の話をしているのだ。羽鳥《はのとり》梓からハテナが浮いているぞ」

翡翠が冷ややかにつっこむが、紅玉は意にも介さずにこにこと梓に向かう。

「昭和の冷蔵庫にはたいてい断面が干《ひ》からびたチーズが入ってたんよ」

「切れてるチーズも時々干からびてるがな」

翡翠がちらっと梓を見るので、あわてて言い訳に走った。

「ち、ちゃんと再利用してますよ。おろし金《がね》で摺ってラーメンに入れたりカレーに入れたりパスタにかけたり」

「えらいえらい、ちゃんと使うてあげんともったいないお化けが出るからな」

紅玉が笑う。

女の子のようにかわいらしいが、火精はずいぶんと年上だ。神社を戦火で失うまでは大阪で火伏《ひぶせ》の神として祀《まつ》られていた。関西弁のせいか性格からか、ときどきおばちゃんのような発言をする。

「そうそう、昭和といえば」

紅玉は飲みかけの缶を持って立ち上がった。

「先に食ってて。すぐ戻る」

梓は翡翠と一緒にいろいろとお菓子の袋を開けた。

「子供の頃は一日におやつ一つだったんで、上京してからは敵《かたき》を討つように、こういうのを毎日三食食べてましたよ」

「不健康だな」

「まあ、じきに飽きちゃってちょこちょこ作るようにはなりましたけどね」

梓はパリパリとポテトを食べる。

「作ると言ったっておまえのことだ、カップ麺くらいだろう」

「ばれました？」

二本目の缶ビールを空けたところに、紅玉が角盆に皿を乗せて戻ってきた。

「ほら、昭和の定番」

乗っていたのはコンビーフを輪切りにしたものを軽く炒《いた》めたものだ。それに缶の焼き鳥とオイルサーディンの缶詰を温めたもの。

「醤油《しょうゆ》とマヨネーズと七味《しちみ》もあるで。あったかいもんも欲しくなるやろ」

「いいですね。酒飲みの食堂だ」

縁側が一気に豪華になった気がする。梓はコンビーフにちょっとからしを乗せて醤油を垂らした。温まった牛の脂《あぶら》が甘い。

「うまい！　子供の頃はきらいだったんですけどね。ビールに合いますね」

「コンビーフ考えたやつは天才やね」

三本目に手を伸ばしたとき、空からバサバサと布を振るような音が聞こえた。月の中から黒い影が近づいてくる。

「おお、来たな」

翡翠が手を振った。翼を羽ばたかせて降りてきたのは高尾《たかお》の天狗の一五郎坊《じゅうごろうぼうし》示玖真《ぐま》だ。

「示玖真さん」

梓は庭に降りて天狗を出迎えた。

「よう、鞍馬《くらま》以来だな」

示玖真は庭に降りると翼を畳んだ。手に持った日本酒の瓶を持ち上げてみせる。

「水精に今夜月見酒をすると聞いたんでな。パトロールの途中で寄ったんだ」

示玖真はいつもの白い法衣《ほうい》の上に黒の鈴掛《すずかけ》、黒の頭襟《ときん》。カラスのくちばしに似たマスクを外すと、梓の隣に腰を下ろした。

（あ、山の匂いがする……）

示玖真のからだから森の木々の匂い、土の匂い、水の匂いがする。それからかすかに煙草の香りと汗の匂い。

（お父さんの匂いってこんななのかもしれないな）

幼い頃父親を失った梓は抱きあげてくれた父の匂いを、もう覚えてはいない。示玖真に父性を感じるのは、彼が昔、子供を亡くしていたからだろうか？

「元気だったか？」

示玖真は手甲をはめた大きな手で、梓の頭をワシワシと撫でた。

「また子供扱いして」

不満そうに装って、しかし少し嬉しい。自分が勝手に示玖真に父親像を見るのを許してもらえているような気がするのだ。

「酒、二本で足りるか？」

コトコトンと縁側に日本酒の一升瓶《いっしょうびん》が並べられる。

「十分やわ」

紅玉がにんまりする。

「どうせないだろうと思って猪口《ちょこ》も持ってきた」

示玖真が懐から取り出して三人に渡したものは猪口というより湯飲みだ。

「あと、これな」

今度はたもとから竹皮で包んだものが出てくる。広げて梓は「わあ」と小さく叫んだ。

つやつやとした真っ赤な肉だ。

「これは鹿肉《しかにく》、こっちは雉《きじ》、これが猪《いのしし》」

ひとつずつ指さして教えてくれる。

「筋はとってあるし、簡単に塩胡椒で焼くだけでうまいぞ」

「じゃあ僕が焼いてくるわ。少し待ってて」

さっと紅玉が縁側から立ち上がる。

「紅玉さん、俺がやりますよ。さっきも調理してくれたのに」

「焼くのは火精のぼくにまかしとき。今日は梓ちゃんのお疲れさま飲みでもあるんやから、座ってな」

「すみません」

その間に示玖真がそれぞれの湯飲みに酒をついでいた。一口飲んで翡翠がぱっと笑顔になる。

「いい酒だな！」

「だろ？」

示玖真は縁側に並んでいるつまみに相好を崩した。

「ああ、いいな。こういうのがいいよな」

バリバリと惜しげなく袋モノが開けられる。

「示玖真さんは江戸時代の人なのにこういうのが好きなんですか？」

カルパスとチーズを一緒に口の中に放り込む示玖真に、梓が尋ねた。

「江戸時代だからってネギと豆腐ばかり食ってるわけじゃねえよ。うまいものはどの時代でもうまいし」

示玖真は五連つながっているベビースターラーメンの袋を手に取った。それを手の中でザクザクと揉む。

「すごく贅沢なこいつの食い方を教えてやるよ」

袋をバリッと開けて上に持ち上げる。あおむいて開いた口に細かくなったベビースターラーメンが一気に流し込まれた。

「ほうやっれふうろがいいんあ」

「こら、鞍馬の天狗の大隊長ともあろうものが」

翡翠があきれた顔をする。示玖真は片目をつぶって親指を立てた。

口の中いっぱいにお菓子をほおばりバリバリと砕いている。リスのように頬をふくらませた示玖真に、梓は耐えられず吹き出してしまった。

「なんやなんや、にぎやかやね」

紅玉が大きな皿を持ってきた。中にはさきほど示玖真がくれた肉が熱々で盛られている。

「いい匂いや。さすが新鮮やね」

「最近はこういうのジビエというんだろ」

口の中の菓子をようやく飲み下した示玖真が言う。

「ジビエならワインも合うな。待ってろ」

今度は翡翠が立ち上がった。そのまま姿を消してしまう。

「せわしないやつだな」

示玖真が箸で雉をつまんだ。

「うん、うまい。栗《くり》も持ってくればよかった」

梓も鹿を一切れ摘まんだ。

「やわらかい！　鹿ってこんなにやわらかいんですね」

「猪も、豚よりコクがあってうまいなあ」

紅玉も酒をすすり、肉を噛みしめる。

「俺たちは猪の肉を使って腸詰めも作るぜ。こんど持ってきてやるよ」

「へえ、楽しみです」

そこへ翡翠が戻ってきた。赤ワインのボトルを二本抱えている。

「羽鳥梓、この家にはコルク抜きがあったか？　グラスは用意したが……」

聞かれて梓は「あ、」と声を上げた。

「ないですね、使うことなかったから」

「ああ、大丈夫だ。コルク抜きなんかなくても」

示玖真がボトルを受け取ると、それを縁側においた。腰から山刀を抜き、軽くカンカンとボトルの首に当てる。

「さて」

ふっと見えない早さで示玖真の手が振られた。小さく堅いものが当たる音がしたかと思うと、ワインボトルの首が消えている。

示玖真はボトルの切り口を口の先で軽く吹くと、「ほら」と翡翠に差し出した。

「おお、さすが、一五郎坊」

翡翠がパチパチと手を叩く。スーツの内側から取り出した大振りの丸いグラスに赤い液体が注がれた。

「わあ、いい匂いですね」

ふわりと甘やかで華やいだ香りが肉の匂いに重なる。これはおいしそうだ。

「ビールに日本酒にワイン……ちゃんぽんにもほどがありますね」

「まあ今日くらいはいいだろ」

「明日起きられなかったらどうしよう」

梓はグラスの中の液体を見つめて呟いた。学生時代は飲んだ翌日でも大学に行けたけど。

「大丈夫や、梓ちゃん。僕と翡翠は酒が残らないから梓ちゃんが寝てても子供たちの面倒は見るよ。昼から起きてきて」

「そんな、悪いですよ」

「ええからええから」

「でも俺はタカマガハラから子供たちを預かって……」

「タカマガハラもたまには休めば、と思ってるよ」

第四の声が聞こえた。しかも床の上から。驚いて見ると酒の入った湯飲みの横にスクナビコナの姿があった。

「こんばんわ、梓くん。お邪魔するよ」

「これはスクナビコナさま」

紅玉がさっと頭をさげた。

「ああ、いいからいいから。今日は月見酒の会だろ。無礼講《ぶれいこう》だよ。僕も飲みたいなと思って降りてきただけだし」

スクナビコナはふわりと浮き上がると、湯飲みの縁に座り、自分で持ってきた器に酒をすくった。

「いいかな?」

「もちろんですよ!」

スクナビコナも含めて五人の酒宴は続いた。目的である月が傾き、隣家の屋根に隠れる頃、用意した酒が尽きてきた。

「いや、まだまだあるぞぅ」

顔を赤くした翡翠が声をあげる。

「酒は水でできている。ならば酒は私の身内も同然。いますぐここに召還してやる」

酔っぱらいの流儀ということで、今の翡翠はネクタイを頭に結んでいる。以前花見に行ったとき示玖真に教えてもらったことを忠実に実行しているのだ。

「翡翠さん、もう十分ですよ……」

梓が言ったが示玖真もスクナビコナも「やれやれ」とけしかけている。紅玉もケラケラ笑って止める気配がない。

「よーし！　見てろぉ」

翡翠は縁側から素足のまま庭に飛び出すと、両手を上にあげた。

「倭《わ》の国において古来から酒といったらこの酒、かの大怪獣映画でも作戦名に使われたヤシオリの酒！　今我らにその恵みの一端を現わしたまえ！」

「あっ、翡翠だめだ！」

叫んだのは紅玉だったかスクナビコナだったか。

とたんにどしゃんっとすさまじい雨が庭に打ち付けた。

「あ、雨……？　ち、ちがう……ッ！」

地面に跳ね返った雨水を口に受けて梓は叫んだ。酒だ。酒が空から降ってきている。

「ヤシオリの酒はヤマタノオロチが八つの頭で飲むための酒、その巨体を酔わせるには酒の量は無尽蔵《むじんぞう》。それを呼び出すなんて……なんてなんて……」

スクナビコナは震えながら言って、やがて腹を抱えてひっくり返った。

「あははは！　翡翠やるなあ！」

気がつけばスクナビコナは全身びっしょり、酒漬けだ。完全に酔っぱらっている。

「すげえすげえ」

やはり酔っぱらいの示玖真は、庭に飛び出し両腕を広げて口を上に向けそのまま飲んでいる。紅玉は縁側でぼんやり見ていたが、やがて「これは僕の手にもおえん」ところりと転がってしまった。

「あわわわわ」

人は本当に困ったとき、なにもいえなくなるんだなあと、焦っているわりには冷静に頭の片隅で梓は思う。

これはいったいどうすればいいんだろう。いやもうどうすることもできない。ほら、翡翠はもう酒と同化して半分消えているじゃないか。

どうすればいいのかは明日の自分に任せよう。

「あ……ははははは」

梓は力なく笑い、降ってくる酒を手にすくって飲んだ。からだが軽くなり頭も軽くなる。そのまま意識もどこかに飛んでいった……。

翌日、梓が目覚めたのは昼過ぎだった。

頭が重い。

なんでこんなに頭が重くてからだが重くて……、と考えてはっと思い出した。

「庭！　酒！」

布団をはねのけ、廊下側の障子《しょうじ》を開ける。

さぞかし酒臭くなって大惨事《だいさんじ》……と思いきや、庭はいつもと変わらない美しさだった。

「あれ……？」

昨日のあれは夢だったのか。翡翠が空から酒を呼んだのも、示玖真さんのジビエも紅玉さんのコンビーフもスクナビコナさまが来てくれたのも……？

「あじゅさー、おっきしたー」

子供たちがキッチンの方から駆けてきた。

「あじゅさ、だいじょーぶ？」

「もうおっきできる？」

「……へーき？」

「……」

子供たちが心配そうだ。梓は順番にその頭をなでた。

「うん、もう平気だよ……あの、翡翠さんや紅玉さんは……みんなの朝ご飯は……？」

「あさごあん、こーちゃんつくってくれたー」

「たこやきでっせーゆってた！」

「まるくてあちち……」

「！　……！」

どうやら紅玉さんが朝からたこ焼きを振る舞ってくれたらしい。たこ焼き……。想像しただけで胸焼けした。どうやら精霊の二人は酒が残らないというのは本当だったらしい。

「ごめんね、ずっと寝てて」

梓は周りを取り囲む子供たちに謝った。だが子供たちはいっせいに首を横に振る。

「へーき。あじゅさおつかれだからねんねさせとけーってこーちゃんゆってた」

「おちゅかれさんだからまだねんねしてていいよ」

「やすんでて……」

玄輝もコクコクうなずく。

「うん、ありがとう。でももう大丈夫だよ」

梓は起き上がり、歯を磨くために洗面所へ行った。鏡に映る自分の顔はなんとなくむくんでいる気がする。

ピンポーンと玄関のインタフォンが鳴った。紅玉さんたちかと梓は急いで洗面所を出た。

「こんにちは、梓さん」

そこに立っていたのは黒髪を後ろに撫でつけ、片眼鏡をはめた背の高い青年、そして腰までの黒髪を背中に流した昭和の少女マンガに出てくるような美青年の二人だった。

この姿には覚えがある。以前、夏祭りの神社で人型に変化したさくら神社の神使《しんし》、呉羽《くれは》と供羽《ともは》だ。

普段はけたたましい鶏の姿だが、なぜ人間の姿で……。

「お手伝いにきましたよ」

弟の呉羽――片眼鏡で穏やかな笑顔の方――が落ち着いた口調で言った。

「お、お手伝い？」

「そうだ。水精と火精はしばらくこられんのでな。感謝しろ」

兄の供羽――長髪の美形キャラ――がふんぞりかえって言う。

「しばらくこられないって……？」

「そうだ、あの二人と示玖真とスクナビコナ殿はしばらく地上に出禁《できん》だ」

「ええっ!?」

言い放った供羽に梓は仰天した。

「タカマガハラのヤシオリの酒を空《から》にしてしまったんですから仕方ありません」

あれはやっぱり夢じゃなかったのか!!

「お庭に酒の雨が降ったんですよね？」

「は、はい」

「スクナビコナさまがとっさにお庭に結界を張ったと聞きました。そうでなければこのへん一帯が酒びたしになっていたでしょう」

あの酒雨の勢いを思い出してぞっとする。

「朝になってみなさんでお庭を大慌てで片づけたようです。しかし、酒を元に戻すことはできず、あの方たちは今、タカマガハラの酒蔵で酒を造っています。できあがるまでは降りられないようですよ」

「そ、そんな……酒ができるまでっていったいいつまで」

梓の乏しい知識を総動員しても酒造りには長い時間がかかったはずだ。そんな梓の顔を見て、供羽が鼻息を飛ばす。

「気にするな。上と下では時間の流れも違う。地上ではせいぜい三日くらいだ」

「水精などは子供たちに会えない時間を思って泣いていたようですが」

呉羽がくすりと控えめに笑う。

「自業自得だろう。まったくスクナビコナ殿がついていながら……これだから酔っぱらいは……わしに連絡を寄越さなかった報《むく》いだ」

「兄者、恨み言になってますよ」

子供たちは人型の神使たちも覚えていたらしく、すぐに一緒に遊び始めた。

梓はきれいに片づいている庭を見つめ、昨日のことを思い出す。

(おいしかったし楽しかったし今日はずいぶん寝かせてもらったし……俺ばっかりいい目みて、罰を受けなくていいのかな)

申し訳なさに頭を抱えると——。

(ええんよ、気にせんといて)

不意に紅玉の声が聞こえた気がした。

(おまえは子供たちのことだけ考えておけ)

翡翠の声はいつものようにそっけない。

(いい気晴らしになったろう?)

示玖真の声は笑っている。

(たまにハメをはずすのも楽しいよね)

スクナビコナの声は梓を落ち着けてくれた。

紅玉の人を甘やかす笑み、翡翠の照れくさそうな笑み、示玖真のゆったりした笑み、スクナビコナの茶目っけのある笑み。四人の笑顔を思いだし、胸が暖かくなる。

(ありがとうございます)

梓は空に向かって感謝をとばした。

木々の葉の間からふわりと甘い酒の匂いが漂って、すぐに消えていった。

第八話
ごちそうさまでした

「明けましておめでとうございます」

「あーけーまーしーてっ」

「おめっでと――――――う」

「ござい……ます」

「……す！」

梓《あずさ》の言葉に続いて子供たちが思い思いに告げる。

新年を迎えた朝、縁側にそろってお日様に挨拶した。

太陽はアマテラス。子供たちの声はきっとタカマガハラに届いているだろう。

「さあ、お雑煮《ぞうに》ができたでー」

紅玉《こうぎょく》が長方形の角盆を運んできた。湯気《ゆげ》の上がる器が四つ載っている。

「おせちもあるぞ」

翡翠《ひすい》が大人用の雑煮の椀と三段重ねの重箱を運んでくる。

「わあ！」

子供たちはいっせいに縁側から居間のちゃぶ台に駆け寄ってきた。

「おはし……、いつもとちがう……？」

白花《しらはな》がちゃぶ台に置いてある箸をそっと持ち上げた。確かにいつも使う小さな塗り箸より長めだし紅白の袋に納められている。

「これは祝い箸。お正月に使う特別なお箸や」

紅玉がそう言って紙袋から出した。両方の先端が細く、中央がやや膨らんだ形をした白木《しらき》の箸だ。

「いわいばし……」

白花は持ちにくそうに持って空《くう》を掴む真似をする。

「おぞーにってなーに？」

朱陽《あけび》が自分の前に置かれた椀をのぞき込んで言う。澄まし汁の中に野菜や鶏肉、それに丸い形をしたお餅《もち》が入っている。

「お正月に食べるお餅の料理のことやな」

全員に順番に椀をおいて紅玉が答える。

「おもち、しってるー！　おでんにはいってる！」

「あれは餅巾着《もちきんちゃく》や」

「あーちゃん、もちちんちゃくすきー」

「おはな、はいってるよ！」

蒼矢《そうや》が大発見をしたかのように叫んだ。梓は蒼矢の指さしたものを見て、うなずく。

「うん、人参《にんじん》を梅《うめ》の花の形にくり抜いてみたよ」

「あー、しーたけはいってるー！　おれ、しーたけきらーい！」

蒼矢は頬を膨らませて不満の意を表明した。梓はそんな蒼矢の頬を指でつつき、

「まあお正月のお祝いだからね。口を付ける真似だけでもいいよ」

と言ってあげた。

「のこしていいの？」

「いいよ、あとで梓が食べるから」

「きいろい……まるいの、なあに？」

白花がお椀《わん》を両手で包んで聞いた。澄んだ汁の中にいろいろ入っているのが珍しいらしい。

「それはぎんなんだ。私が朝からせっせと実を割り薄皮をはがしたのだ」

翡翠は胸を反らして言う。

「樹齢千年の大銀杏殿《だいぎんなんどの》からいただいてきた。滋養《じよう》たっぷりだぞ」

「さあ、おせちはなにかなー」

梓はちゃぶ台の真ん中に置かれたおせちの重箱に手をかけた。子供たちも雑煮からお重に視線を移した。

「まずは一の重」

言いながら蓋をとると、子供たちから歓声があがった。

梓は蓋の向こうに目を見張った。思わず精霊の二人を見ると、紅玉はにっこりし、翡翠は少し顎を引いてドヤ顔をしている。

なんて豪華な——まるでデパートに並ぶ見本のようなスペシャルおせち！

むっちりまるまったエビの背中はいかにもおめでたそう。ピンクと白の艶《つや》やかな蒲鉾《かまぼこ》は、みっしりと詰まって、もはやどこから攻略すればいいのかわからない。

ふっくら輝く黒豆に真っ赤なちょろぎがよく映える。

それにこの、たった今、焼きあがりましたというような伊達巻《だてまき》、市松《いちまつ》に配された錦《にしき》たまご、立派なかずのこ、泳いでいるままの姿の田作《たづく》りに懐かしい昆布巻。

「うきゃー！」

「なにこれおもしろー！　ぐるぐるだ！」

朱陽が興奮で声をひっくり返し、蒼矢は早速ちょろぎに反応する。

「それはちょろぎというものだ蒼矢。さすが青龍《せいりゅう》、紫蘇《しそ》の根に目がいくとはなにがさすがかわからないが、とりあえず翡翠が蒼矢を褒める。

「まっくろの……食べられる？」

白花が黒豆に目を瞠っている。

「大丈夫や、あんこだって食べたことあるやろ？　黒いお豆さんや、おいしいで」

紅玉が丁寧に教えてくれた。

「……！　！　！」

玄輝《げんき》はうっとりと伊達巻を見つめている。

「この黄色いのって、たまごのなにか……」

「あずさ、あけてあけて！　したのもあけて！」

錦たまごを見たことのない梓の質問を遮って、朱陽が叫ぶ。

「わかったわかった、じゃあ二の重」

一の重を横に並べると、子供たちが身を乗り出した。

「ふわ――――――っ！」

二の重はボリューミーだ。ブリの照り焼き、鮭の塩麹《しおこうじ》漬け、海老の鬼殻《おにがら》焼き。紅白なますに栗きんとん。ローストビーフには花の形に切った酢蓮《すばす》が添えてある。

二の重全体にふんわりと金箔《きんぱく》が散っていて、きらきらしいことこの上ない。

ここまでしなくても、と心半分で思いつつ、梓も食卓の非日常にウキウキする。

「しゃけ！　おれ、ぜったいしゃけ！」

「よし、まかせろ」

「あーちゃんたまご！　おはなみたいでかーいいのねー」

「かーいいのは朱陽のほうだぞお」

デレデレした翡翠が蒼矢と朱陽のリクエストに応えて取り分ける。

「今日ばっかりは迷い箸も楽しいよなあ」

白花の目が海老とブリとローストビーフの上をさまよい、玄輝は珍しくまだ寝ていない。

「三の重！」

これで最後のお重だ。

「おにものー！」

朱陽はもう呼吸困難な人のようにはあはあと喘《あえ》いでいる。興奮しすぎだ。そして煮物に「お」はいらない。

きれいに揃った椎茸《しいたけ》、手綱《たづな》こんにゃく、煮しめの地味さにさまざまな野菜の色を生かした彩《いろど》り。その中でこっくり甘い味のしみた里芋の白さが際立つ。丁寧に六角形に面取りしてあった。

「おもしろいかたち……」

玄輝が嬉しそうに目を細めて二文節以上しゃべった。

「里いもは亀の甲羅《こうら》を表わしてしているのだ。亀は万年永劫《えいごう》の栄え、六角形のハニカム構造は衝撃に強い。おせちには人間の感謝と希望が込められているのだぞ」

一瞬別のうんちくが混ざったような気がするが気のせいだろう。

「玄輝も食べてみる？」

「……」

玄輝が笑った。食事中に、寝ないで、笑った！　お正月最高！

クララが立ったみたいな騒ぎを心の中に押し込めつつ、梓はいそいそと玄輝の皿に煮物を取り分ける。

「あーちゃん、みどりのも！　きゅっきゅってするのよね？」

「どじょういんげんだな」

翡翠もせっせと子供たちの皿におせちを運んでいた。

「すっごい！　これ、ぜんぶたべていいの⁉」

蒼矢が目を輝かせて降り仰ぐ。

「いいよ。これは紅玉さんと翡翠さんが用意してくれたから、二人にお礼を言ってね」

「こーちゃん、ひーちゃん、ありがとう！」

声を揃えて言う子供たちに紅玉はにこにこと、翡翠は感激の涙をにじませている。

「こ、今年こうやって正月が迎えられるとは……っ！　なんという幸せだ。毎年たまごのままの子供たちの前に鏡餅を供《そな》えていた今までが夢のようだ！」

「泣くな、翡翠。めでたい正月なんだから」

「わかっている……しかし、しかし……今までの長い年月を思うと……っ！」

泉を失った精霊の翡翠はタカマガハラに拾われて以来、ずっと子供たちのたまごを守ってきた。数百年の間、もの言わぬたまごを抱き、話しかけ、慈しんできたのだ。感激もひとしおなのだろう。

「じゃあ、みんな。お雑煮とおせちをいただこう」

紅玉が翡翠の背を撫でながら梓に目で促す。梓はうなずいて、子供たちを見回した。

「じゃあ、みんな」

ぱんっと手をあわせ、子供たちは声を揃えた。

「いっただきまーす！」


「おもちー、のびるのびーる！」

朱陽が目いっぱいお椀を放し、餅を伸ばしている。蒼矢はあっという間に餅を食べ終わり、口をつける真似をするだけだったはずの椎茸も食べてしまった。

白花は雑煮を飲むように食べ、今は海老に取り掛かっている。海老の頭がにい、さん、しい、とものすごい勢いで皿に積まれていった。

玄輝はお重の中身をひとつずつ皿に取ってもらい、ゆっくりと味わっている。

「このお餅は梓ちゃんの実家の？」

紅玉が箸で餅を伸ばしながら言った。

「はい。母親が福井《ふくい》から送ってくれました」

「福井のお餅は丸餅なんやね」

「ええ。俺、上京するまで餅はみんなそうだと思ってたんで、いろんな形があるって知ってびっくりしました」

「いろんなかたちって、さんかくとかまんまるとかあんの？」

ようやく餅を口の中に納めた朱陽が聞く。

「まんまるだと白玉になっちゃうな。三角のは見たことあるな」

「じゃあさ、じゃあさ、おほしさまのかたちとかもあんの？」

蒼矢が身を乗り出す。

「星形はさすがに僕も見たことないな」

紅玉が律義《りちぎ》に答えている。

「本当は福井の雑煮は白味噌仕立てで具も入ってないシンプルなものなんですが……」

澄まし汁で具をたくさんいれる雑煮にこだわったのは翡翠だ。子供たちにカラフルな具だくさんの雑煮を食べさせたいとねばったのだ。仕方なく、餅を丸餅にすることで梓は妥協した。

しかしやはり丸餅が澄んだ汁の中に沈んでいるのは違和感を感じる。明日は白味噌にしようと梓は心に決めた。

白花が海老からローストビーフに標的を変える。わさっと一気に三枚ほど取ったので、梓がめっと睨んで一枚ずつほかの子供たちに配った。

がたんと玄関で音がした。

「あ、年賀状がきたかな」

梓が箸を置こうとしたとき、

「私がとってこよう」

と翡翠がさっと立ち上がった。

「ねんがじょーて？」

蒼矢が手綱こんにゃくをほうばりながら聞く。

「去年、みんなハガキを書いただろう？　あけましておめでとうって。他の人もみんなに書いてくれたんだ。それが届いたんだよ」

翡翠が年賀状の束を持って戻ってくる。すでに何枚か手の中で寄りわけられていた。

「仁志田《にしだ》さんや喜多川《きたがわ》さん、三波《みなみ》先生から来ているぞ。それに――喜べ、白花、本木《もとき》貴志《たかし》とルイくんからもだ」

「えっ！」

白花は箸を握ったまま立ち上がった。

「みせてみせて！」

翡翠は白花に本木貴史と萩原瑠衣《おぎわらるい》の年賀状を渡した。本木貴史のは新年の新しいドラマのスチールを使った印刷物だったが、ルイのはにぎやかなイラストの絵ハガキに自筆で「あけましておめでとう!」と書いてあった。

「わあ……!」

白花は満面に笑みを浮かべた。去年、この二人に年賀状を書くとき、白花は一週間かかって何度も直して書いたのだ。その苦労が報《むく》われた瞬間だろう。

「蒼矢、優翔《ゆうしょう》くんから来てるぞ」

「おー!」

蒼矢は手を伸ばして親友からの年賀状を受け取った。二人で年賀状を出し合うという約束をしていたのだという。

優翔くんの年賀状は、あけま、まで大きく書いてあり、あとははいりきらなかったのか、隙間に小さく、しておめでとう、ゆーしょー、と書かれていた。まあ蒼矢の年賀状も似たようなものだ。

朱陽にはマドナちゃんから届いていた。朱陽の好きな「まじょっこぐらし」のキャラクターがたくさん描かれた絵ハガキだ。

「かーわいいー!」

朱陽は絵ハガキを胸に当てて畳の上でくるくる回る。

「おお、玄輝！　中村鳩子《なかむらはとこ》お姉さんから年賀状が来ている！　ファンレターを出した甲斐《かい》があったな！」

　翡翠がテレビ局の名前の入った年賀状を渡す。そこにはお天気キャスターの中村鳩子の写真とサイン、そして「あけましておめでとう。いつも応援ありがとう」という手書きの文字があった。

　玄輝は誇らしげな顔をして受け取った。

「あとは羽鳥梓《はのとり》、おまえに母親からだ。ほかにないとは、おまえはもしかして人間の友人がいないのか？」

　翡翠はぺらりと一枚はがきを渡した。

「失礼なことを言わないでください。友人たちとは新年になった瞬間、メールで挨拶しましたよ」

「なんと。情緒もへったくれもないな」

「ほっといてください。気持ちの問題です」

　AD《エーディー》になった米田《よねだ》や、前に池袋で会ったバイト先の先輩の柴崎《しばざき》、それに喜多川家の澄《とおる》からもちゃんとイラスト付きのあけおめメールをもらっている。

　紅玉は翡翠の手元に残る二枚の年賀状に気づいた。

「それはなんや？」

問われて翡翠は嬉しそうにひらひらと振ってみせる。

「これは私宛だ」

「おまえ宛？」

「そうだ。一枚は三波先生の甥御《おいご》さんにして推理作家の瀬尾水樹《せおみずき》先生、もう一枚は我が心の友である長谷川《はせがわ》氏だ」

「だれだ、それ」

「ふふふ。以前蚤《のみ》の市でヘドラを賭けて死力を尽くした戦友だ」

紅玉は首をひねったが梓は覚えていた、マドナちゃんへの誕生日プレゼントを手に入れるべく赴《おもむ》いた蚤の市で、不気味な怪獣のソフビ人形を競《せ》り合った相手だ。

その後、近所のさくら神社で開催されたフリーマーケットででも、怪獣のフィギュアを挟んで喧嘩しそうになっていた。あの仙人《せんにん》のような男性と友達になっていたのか。

「精霊として生まれて数百年……まさか年賀状を送りあえる友人ができるとは思わなかった。これも子供たちのおかげだ」

翡翠はそういってしみじみと年賀状を胸に押し当てた。

「さてそろそろ食べ終わったかな？」

梓はみんなの椀を見てみる。子供たちの椀はすっかり空で、取り皿におせちがいくつか残っているだけだった。

「みんな、ごちそうさまかな？」

「うん！」

子供たちはせっせと最後の一口を口に入れる。そうやってお皿をきれいにして、やがて全員背筋をのばした。

「おいしかったー！」

「ごちそうさま」

「でしたー」

「……！」

いただきますで始まってごちそうさまで終わる。

ご飯を食べるということは、日常の中の特別な時間だ。ひとりきりの至福でもあれば、みんなとの感覚の共有でもある。

それは誰にも邪魔されてはいけない最高のエンターテインメント。

この間の時間が誰にとっても幸せですてきな時間でありますように。

いただきます。

ごちそうさま。

この時間にただただ感謝を……。

コスミック文庫 α

神様の子守はじめました。スピンオフ

神子《しんし》のいただきます！

2021年8月1日　初版発行

【著者】　霜月《しもつき》りつ
【発行人】　杉原葉子
【発行】　株式会社コスミック出版
〒154-0002　東京都世田谷区下馬 6-15-4
【お問い合わせ】　一営業部一 TEL 03(5432)7084　FAX 03(5432)7088
一編集部一 TEL 03(5432)7086　FAX 03(5432)7090
【ホームページ】　http://www.cosmicpub.com/
【振替口座】　00110-8-611382
【印刷／製本】　中央精版印刷株式会社

ISBN978-4-7747-6306-4 C0193